# I. DIGAS    Faszination Spanking

I. DIGAS ist das Pseudonym eines deutschen Schriftstellers, der seit seinem 18. Lebensjahr das Spanking liebt und es auslebt.

I. DIGAS

# Faszination Spanking

## Essays über Rohrstockspiele

© 2021 I. DIGAS

Herstellung und Verlag: BoD – Books on Demand, Norderstedt

Printed in Germany

ISBN 978-3-7543-5644-9

# Inhaltsverzeichnis

# Vorwort

Bei genauerem Hinsehen findet sich eine enorme Anzahl an Videos, Büchern und Geschichten, die sich mit dem Thema Spanking befassen. Allerdings drehen sich die Inhalte dieser Medien um das Praktizieren dieser Facette der menschlichen Erotik, also das Überlegen und erotisch-genussvolle Versohlen eines Erwachsenen durch eine andere erwachsene Person. Dabei ist Spanking für viele Freunde dieses Faibles mehr als nur reine Lusterfüllung, da es für sie eine Lebensart darstellt. Nimmt man diese Einstellung ernst, ergibt sich eine Vielzahl von Fragen, die sich mit Aspekten rund um eine Spankingsitzung und das Ausleben als Lebenseinstellung befassen. Diese werden gewöhnlich nicht in Büchern oder gar in Videos diskutiert, sondern in Internetforen behandelt. Tatsächlich gibt es eine Vielzahl von Spankingforen, in denen sich die Freunde dieses Faibles treffen können. Die Qualität dieser Foren ist genau wie ihre Größen unterschiedlich, aber sie befeuern den Austausch untereinander. Dabei geht es dort eben nicht nur um Erfahrungsberichte rund um das erotische Versohlen, sondern auch um die Betrachtung von grundlegenden Aspekten.

Leider werden die angesprochenen Themen oftmals nicht bis zum Ende ausdiskutiert, sondern versiegen irgendwann. Das hängt zum einen mit der Fluktuation der Mitglieder einer Spankingseite zusammen, zum anderen aber auch mit dem erforderlichen Zeitaufwand für eine intensive Diskussion am Computer, für die so manchem schlicht die Zeit fehlt.

So bedauerlich das manchmal unverhofft eintretende Ende einer Diskussion auch ist, zeigt der gesamte Austausch deutlich auf, dass das Spanking einen deutlich breiteren Ansatz hat als die Kritiker es vermuten und tatsächlich mehr als ‚nur‘ ein erotisches Faible ist. Gerade weil es für viele Menschen die Eigenschaft einer Lebenseinstellung hat, ist in meinen Augen die Beschäftigung mit Fragen abseits des Austausches über die jeweils letzte Spankingsitzung sinnvoll, um den größtmöglichen Genuss für alle Beteiligten erzielen zu können.

Auch für mich ist das Spanking eine Lebensart, die ich nicht missen möchte. Gerade deshalb habe ich mir immer wieder Gedanken zu bestimmten Themen gemacht und viele davon auch in Internetforen diskutiert. Die dabei vorgebrachten Argumente und die aus den Gesprächen gewonnenen Erkenntnisse waren dann für mich wiederum Ausgangspunkt für neuerliche Gedanken.

Die bisherigen Resultate sind inzwischen bei jedem einzelnen Thema recht umfangreich geworden. Da ich sie gerne mit anderen Interessierten teilen möchte, habe ich einige der in diesem Buch befindlichen Essays bereits in Zeitschriften veröffentlicht, aber längst nicht alle. Angesichts des Umfangs aller Texte habe ich mich nunmehr für eine Veröffentlichung in Buchform entschieden. Dabei orientiere ich mich an meinem Freund Andy Daring, der bereits vor einiger Zeit seine Essays zum Thema BDSM veröffentlicht hat. Nachdem ich Spanking-Lyrik verfasst und ihn zu entsprechenden Texten im BDSM-Kontext animiert hatte, hat er mich nun zur Veröffentlichung meiner Spanking-Essays ermuntert. Der vorliegende Band belegt, dass er mit seiner Ermutigung Erfolg gehabt hat.

Die einzelnen Texte skizzieren natürlich lediglich meine Gedankengänge und geben lediglich meinen jetzigen Standpunkt wieder. Deshalb kann und werde ich nicht den Anspruch erheben, dass die erzielten Ergebnisse der Weisheit letzter Schluss seien. Vielmehr möchte ich jeden Leser aufrufen, sich seine eigenen Gedanken zu machen und weitere Argumente oder neue Ansätze für oder wider der von mir vertretenen Positionen zu finden oder neue Themen aufzuwerfen. Für diejenigen, für die Spanking eine Lebenseinstellung ist, kann der lebendige Austausch nur förderlich sein.

Aber nun genug der Vorrede. Ich wünsche allen Lesern viel Spaß beim Lesen der Texte und freue mich auf einen regen Austausch.

Ihr/Dein

I. DIGAS

## Was ist eigentlich Spanking?

Rein pragmatisch gesehen stammt der Begriff ‚Spanking' aus dem Englischen und bezeichnete ursprünglich die an Schulen und im häuslichen Bereich praktizierte Kindererziehung in Form von Körperstrafen. Im Laufe der Zeit hat sich das Spanking jedoch auch zu einer Sexualpraktik entwickelt, die von Erwachsenen einvernehmlich ausgeübt wird. In diesem Zusammenhang wird es gewöhnlich als Teil des Sadomasochismus (SM) angesehen. Im Gegensatz zum SM beinhaltet das Spanking auf Grund seines Ursprungs lediglich das Schlagen auf das bekleidete oder entblößte Gesäß des Partners, je nach Neigung auch auf benachbarte Körperteile wie Oberschenkel, Rücken usw. Daneben kann es auch zu Zusatzstrafen kommen, wie man sie aus der Kindererziehung kennt (z.B. das ‚In-der-Ecke-stehen'), was jedoch von den Neigungen und Wünschen der beteiligten Personen abhängig ist. Gerade wegen der Beschränkung auf das ‚Versohlen' des Gesäßes und dem Fehlen weitergehender ‚Behandlungen', wie sie im SM üblich sind, betrachten viele das Spanking als eine eigenständige Variante der Erotik.

Die Intensität, mit der ein Spanking praktiziert wird, hängt immer von dem Empfinden der beteiligten Personen ab. Die Bandbreite reicht von zärtlichen Klapsen bis hin zu harten Schlägen, weshalb Liebhaber des Spankings (sog. Spankos) ihre Leidenschaft in ‚Erotisches Spanking' und ‚Strafspanking' unterteilen. Allerdings sind die Grenzen fließend, sodass auch ein erotisches Spanking von den Praktizierenden als ‚Strafspanking' bezeichnet werden kann. Grundsätzlich gilt: Erlaubt ist, worauf sich der aktive Part (i.d.r. Aktiver, Top oder Spanker genannt) und der passive Part (i.d.R. Passiver, Sub, Bottom oder Spankee genannt) einvernehmlich geeinigt haben.

Gerade wegen der Einvernehmlichkeit unterscheidet sich das Spanking von Misshandlungen und Missbrauch. In der Vergangenheit konnte man in der Presse immer wieder Berichte über solche Misshandlungen und über den Missbrauch an Schulen und in Heimen lesen. Diese nun öffentlich gewordnen Taten haben sich überwiegend in den 1970er Jahren ereignet, aber vermehrt melden sich auch Opfer aus den 1950er und 1960er Jahren. Die verhängten Strafen umfassten laut Medienberichten Schläge auf das teilweise nackte Gesäß, erzwungene Selbstbefriedigung vor den Erziehern und das Anfassen der Geschlechtsteile sowohl bei den Kindern als auch durch diese bei den Erwachsenen. Bei der etwas länger zurückliegenden Aufdeckung eines ähnlichen Skandals wurde in den seinerzeitigen Zeitungsartikeln zudem berichtet, dass Weinen oder Schreien während der Züchtigung mit zusätzlichen Hieben bestraft worden sei. Nur die Opfer können wissen, welche körperlichen und seelischen Qualen sie damals durchlitten haben und welche Folgen das Erlebte für ihr weiteres Leben gehabt hat und womöglich noch immer hat. Ich hoffe sehr, dass das Durchbrechen der Mauer des Schweigens sowie die Aufdeckung der Misshandlungen und des

Missbrauchs den Opfern helfen werden, ihr erlittenes Trauma verarbeiten zu können!

Wenn man die Erlebnisberichte liest und sich bewusst macht, welche traumatischen Folgen das Erlebte für die Betroffenen hatte und noch immer hat, kann man sich zu Recht die Frage stellen, warum es heutzutage Menschen gibt, die diese Bestrafungen freiwillig über sich ergehen lassen und dabei für gewöhnlich erotische Freude empfinden. Denn in der Tat entsprechen die in den Medien genannten Strafen dem, was die Freunde des Spankings miteinander praktizieren. Allerdings gibt es mehrere wesentliche Unterschiede: Zum einen wurden die Züchtigungen und sexuellen Handlungen in den Einrichtungen von Erwachsenen an Kindern oder Jugendlichen vorgenommen. Dabei bestand zwischen Peiniger und Gepeinigtem ein Abhängigkeitsverhältnis, das letztere nicht auflösen konnten, weil sie den Erwachsenen hilflos ausgeliefert waren. Das Spanking in seiner hier betrachteten erotischen Form wird jedoch ausschließlich von Erwachsenen mit anderen Erwachsenen auf freiwilliger Basis praktiziert, das heißt eine solche Beziehung kann jederzeit beendet werden. Zum anderen wird vor einer freiwilligen Spankingsitzung der Rahmen, innerhalb dessen sich die Strafmaßnahmen bewegen dürfen, zwischen den Akteuren abgesprochen. Zudem kann eine Sitzung auch jederzeit vom passiven Part abgebrochen werden, was vom Spanker unverzüglich zu akzeptieren ist. Beides, sowohl die Absprache des Strafrahmens als auch die Möglichkeit eines Abbruchs der Bestrafung, wurde den

Betroffenen in den besagten Einrichtungen seinerzeit versagt, sodass man in diesen Fällen meines Erachtens zu Recht von Missbrauch und Misshandlung spricht.

Wenn man aber den Zwang weglässt und an seine Stelle die Freiwilligkeit setzt, sich als erwachsener Mensch von einem anderen Erwachsenen bestrafen zu lassen, hat man es mit einer veränderten Situation zu tun. Zwar kann man darüber streiten, ob seinerzeit die Strafen ‚nur' aus ‚pädagogischen Gründen' oder nicht doch auch zur Befriedigung sexueller Vorlieben der ausführenden Erwachsenen verhängt worden sind, aber in der heute praktizierten Form stellt das Spanking für beide Beteiligten das Ausleben einer erotischen Facette dar. Erlaubt ist, was gefällt - und solange alles in gegenseitigem Einvernehmen stattfindet und niemand durch den Anblick dieser Praktik behelligt wird, kann jeder auf seine Weise sexuelle Erfüllung finden und sollte sie auch finden dürfen.

Doch warum sollte es jemand ‚erfüllend' oder gar ‚befriedigend' finden, sich mit der Hand oder einem Strafinstrument wie beispielsweise einer Haarbürste, einem Gürtel oder einem Rohrstock das Gesäß versohlen zu lassen und anschließend unter Umständen Zusatzstrafen wie zum Beispiel das In-der-Ecke-stehen erregend finden?

Nun, die menschliche Erotik ist überaus vielfältig und manifestiert sich in den unterschiedlichsten Varianten. Eine davon ist das Spanking - für manche Menschen mag ein Bestrafungsszenario unerotisch sein, aber bei anderen befördert es das Lustempfinden. Ob diese Neigung angeboren ist oder ob sie sich ein Mensch im Laufe des Lebens aneignet, wird seit Jahren intensiv diskutiert, ohne dass bislang ein belastbares Ergebnis vorliegt. Dennoch zeigt die Vorliebe für das Spanking, dass einige Menschen viel Positives aus Dingen ziehen können, die andere Menschen ablehnen, ihnen zumindest Unbehagen bereiten. Damit vermehrt das Spanking die Anzahl vorhandener erotischer Facetten um eine neue Variante und steigert die sexuelle Vielfalt – das ist gut, weil sie damit der Bandbreite an menschlichen Vorlieben Rechnung trägt.

Wenn sich nun eine aktive und eine passive Person begegnen und miteinander eine Spankingsitzung vereinbaren, finden sie bei entsprechender Absprache der jeweiligen Vorlieben sicher eine Einigung auf einen gemeinsamen Rahmen ihrer sexuellen Erfüllung. Auch der eventuelle Einsatz von unterschiedlichen Strafinstrumenten und/oder Zusatzstrafen ist nicht wirklich verwunderlich, denn auch im Bereich der ‚normalen' Sexualität, die man gemeinhin als ‚Vanilla-Sex' bezeichnet, wird für gewöhnlich von den beteiligten Partnern gerne experimentiert: Von den einen also mit Strafinstrumenten, von den anderen mit Stellungen und Orten. Jeder versucht also auf seine Weise, sexuelle Erfüllung zu finden und Langeweile beim Ausleben der Lust zu vermeiden. Aber warum übt das Spanking einen so großen Reiz auf einen nicht unerheblichen Teil der Bevölkerung aus? Ist es wirklich so ernst und martialisch, wie es Videos zeigen und Bücher beschreiben? Um das zu verstehen, muss man die Grenze zwischen dem ‚erotischen Spanking' und dem ‚Strafspanking' verstehen.

Beim ‚erotischen Spanking' steht der Geschlechtsakt im Mittelpunkt des Geschehens und die Hiebe sowie die entsprechende Inszenierung sorgen zum einen für die gewünschte erotische Atmosphäre, zum anderen erfüllen sie die Rolle des Vorspiels. Dabei sind die Details oder zumindest der Rahmen, innerhalb dessen sich das Spiel bewegt, von den Akteuren zuvor abgesprochen worden. Das umfasst sowohl die Intensität der Hiebe als auch Art und Beschaffenheit der anwendbaren Hilfsmittel.

Etwas anders geartet ist das ‚Strafspanking': Hier werden ernsthafte Schläge verabreicht, wobei jedoch auch hier sowohl die tatsächliche Intensität der Hiebe als auch die Strafinstrumente und der gesamte Rahmen vorher einvernehmlich abgesprochen werden. Zudem wird jeder verantwortungsbewusste Akteur ein Codewort vereinbaren, bei dessen Nennung die Sitzung sofort abgebrochen wird, um eine versehentliche Überlastung oder Selbstüberschätzung des passiven Partners zu verhindern.

Gerade das Strafspanking klingt ziemlich hart, sodass oft der auch dabei bestehende sexuelle Aspekt übersehen wird. Der schwingt nämlich auch hier immer mit, und nicht selten endet eine solche Sitzung mit einvernehmlichen erotischen Handlungen. Allerdings muss kein Spanking schmerzhaft sein, auch wenn es das sein kann und gewöhnlich leichte Schmerzen gewünscht werden. Der zugefügte Schmerz ist das Ergebnis der Dosierung und diese letztlich das Ergebnis der vorherigen Absprache zwischen den beiden Akteuren. Natürlich kann auch während einer Sitzung die Intensität durch entsprechende Äußerungen des passiven Parts verändert werden – gerade in frischen Beziehungen kommt das öfter vor, da sich die Beteiligten erst aufeinander einstellen und eine einheitliche Definition für die Intensitätsstufen finden müssen.

Wer nun immer noch glaubt, dass die Freunde des Spankings entweder harte Typen (als aktiver Part) oder demütigdevote Personen (als passiver Part) seien, der irrt sich. In beiden Fällen handelt es sich um Menschen, die sich miteinander verbunden fühlen. Sie leben ihre Sexualität auf eine etwas andere Weise aus, die von der Gesellschaft zumindest offiziell misstrauisch beäugt wird - die oben genannten Medienberichte über echte Misshandlungen und tatsächlichen Missbrauch befeuern das argwöhnische Betrachten von Spankingbeziehungen. Aber gerade die innige Verbundenheit zwischen Spanker und Spankee wirkt sich auch auf das Spanking an sich aus: Der Ablauf einer Sitzung ist nicht immer so ernst, wie es von vielen vermutet wird. Im Gegenteil, bei einer Sitzung darf durchaus auch gelacht werden, denn schließlich dient das Ganze ja dem Ausleben der jeweiligen Sexualität, und das soll in erster Linie Spaß bereiten. Allerdings kommt es wie so oft auf den jeweiligen Einzelfall an: Während Lachen bei einem erotischen Spanking als ein Ausdruck der Unbeschwertheit angesehen werden kann und damit unproblematisch sein dürfte, könnte ein Lachanfall bei einem Strafspanking weniger gut ankommen. Letztlich nehmen beide Seiten eine Rolle ein und versuchen, dieser gerecht zu werden und dafür die jeweilige Atmosphäre zu schaffen. Das beinhaltet, dass jeder in seiner Rolle zu bleiben versucht, um das lustvolle Erleben nicht zu schmälern. Ein Ausfall aus der Rolle wie beispielsweise durch einen Lachanfall könnte aber das Erleben schmälern, so wie Pannen bei einer Theateraufführung den Genuss des Stückes gefährden können. Allerdings kommt es letztlich immer auf die innere Einstellung der handelnden Personen an, ob ein Lachen gut oder weniger gut ankommen wird.

Damit beide Seiten während einer Spankingsitzung den größtmöglichen Genuss erfahren, ist daher Kommunikation ein wesentliches Element der Beziehung. Was in vielen ‚normalen' Beziehungen nicht selten eher weniger praktiziert und daher als Schwachstelle angesehen wird, ist in einer Spankingbeziehung von elementarer Bedeutung. Vielleicht liegt das auch daran, dass es um das gemeinsame Ausleben eines Faibles geht, über das manche in der ‚normalen Gesellschaft' die Stirn runzeln würden. Diese Gemeinsamkeit kann eine Beziehung möglicherweise doppelt stärken und festigen.

Zugleich eröffnet das Spanking den beiden Partnern auch neue Wege der Verständigung: Da der aktive Part den Hauptteil der Verantwortung trägt, muss er immer darauf achten, ob es dem passiven Part gut geht. Falls dieser sich übernehmen sollte, muss der Spanker dieses erkennen und entsprechend handeln. Es kommt daher während der Ausübung eines Spankings nicht nur auf die verbale Kommunikation vor und während einer Sitzung an, sondern es muss zudem eine Deutung der Körpersprache und der Reaktionen des Spankee erfolgen, mithin also ein zusätzlicher nonverbaler Austausch. Die dafür entwickelte Sensibilität kann dazu führen, dass für die Partner auch im alltäglichen Umgang kleine Reaktionen oder Blicke ausreichen, damit der andere versteht, was für Außenstehende verborgen bleibt.

Natürlich schwingt vor und während einer Spankingsitzung auch immer die Sorge des Aktiven mit, das sich der Passive überschätzen könnte. Dafür reicht es aus, dass angesichts starken beruflichen Stresses das Allgemeinbefinden nicht so gut wie angenommen ist und deshalb Hiebe, die sonst locker weggesteckt worden wären, nun plötzlich Probleme bereiten können. Damit hat der Spanker die Verantwortung, auf kleine Zeichen für eine Abweichung vom sonstigen Zustand zu achten. Auch das gehört zur nonverbalen Kommunikation dazu und dient der Verständigung der beiden Partner. Gleichzeitig festigt beim Spankee das Wissen um die Sorge für sein Wohlbefinden durch den Spanker die Beziehung, denn gerade weil ein Überschätzen der eigenen Grenzen recht schmerzhaft werden kann, kommt der Sorge und Aufmerksamkeit des Partners eine große Bedeutung zu. Das Wissen um die Verlässlichkeit des anderen beim Erkennen der eigenen Schwächen und der eigene Verletzbarkeit führt beim Spankee zu einem Gefühl der Geborgenheit und des Schutzes, was eine Beziehung sehr stark festigen kann. Zudem steigert es das Wissen, vom anderen geliebt und geschätzt zu werden. Bei Vanilla-Paaren kann sich diese Liebe und Wertschätzung füreinander schnell abschwächen und von Routine übertüncht werden und damit für längere Zeit unerkannt bleiben. Die Verwechslung von Routine mit Liebe und Wertschätzung geht dann zwar eine geraume Weile gut, aber letztlich ist es eine Illusion, die nicht selten zu einer abrupten Trennung führt. In einer Spankingbeziehung muss jedoch bei jeder Sitzung die größtmögliche Achtsamkeit vorhanden sein, um unerwünschte Folgen zu vermeiden. Damit erfordert ein Spanking immer die volle Aufmerksamkeit des aktiven Parts, die dieser natürlich nur bei Bestehen der größtmöglichen Zuneigung für den Spankee aufbringen kann. Sofern es in einer Beziehung kriseln sollte, muss der erkennende Teil das offen ansprechen, damit nicht bei einer eher lustlos-routiniert ausgeführten Sitzung unangenehme Folgen entstehen können. Letztlich ist das in jeder Beziehung eine Selbstverständlichkeit, aber bei Vanilla-Paaren scheint die Bereitschaft zum Reden eher geringer ausgeprägt zu sein als bei Spankingfreunden.

Letztlich dient das Spanking dazu, dem jeweils anderen eine Freude bereiten zu wollen. Es ist wie jede sexuelle Ausrichtung ein aufregender Teil einer Beziehung, bei dem sich zudem auch andere Möglichkeiten eröffnen: Gerade weil in Spankingbeziehungen die Kommunikation ein wesentlicher Faktor darstellt, lässt sich ihre Wirkung auch auf alle anderen Bereiche einer Paar-Beziehung übertragen. Die Offenheit, mit der man über seine Wünsche und Gefühle vor, während und nach einem Spanking spricht, kann man auch bei allen anderen Fragestellungen des täglichen Miteinander an den Tag legen. Gerade weil man es in einem so sensiblen Bereich wie der Erotik und sexuellen Lust praktiziert, dürfte es bei anderen Themen umso leichter fallen, ebenfalls seine Position darzulegen. Das verbessert ebenfalls Kommunikation, was für jede Beziehung nur hilfreich und von Vorteil sein kann.

Als Folge der Kommunikationsvorteile fällt es den beiden Partnern in der Regel auch wesentlich leichter, unangenehme oder unerwünschte Eigenschaften des anderen anzusprechen. Damit kann man im gegenseitigen Einverständnis auch leichter und entspannter dazu übergehen, Korrekturen herbeizuführen und dies in den Bereich der sexuellen Lusterfüllung einzubinden. Man hört daher nicht selten das Argument, dass mittels eines Spankings sowie bei Bedarf dessen Wiederholung Eigenheiten abgeworfen werden konnten, die sich der Betreffende sonst nur schwerlich abgewöhnt hätte wie beispielsweise das Rauchen. Natürlich dürfte in einem solchen Fall das Strafspanking wohl das bessere Mittel sein, aber auch ein etwas strenger als normal ausgeführtes erotisches Spanking kann hier durchaus die gewünschte Wirkung zeigen.

Des Weiteren fällt es in einer Spankingbeziehung leichter, Fehler einzugestehen. Da niemand frei von Fehlern ist, unterlaufen jedem immer mal wieder Dinge, die eigentlich nicht hätten sein müssen und nicht selten mit einem gewissen Schaden verbunden sind. Üblicherweise ist man geneigt, einen Fehler zu vertuschen und bei Aufdeckung die eigene Verantwortung zu leugnen, solange es nur irgendwie geht. Das kostet viel Zeit und Kraft, und nicht selten werden durch dieses Verhalten die negativen Folgen des Fehlers sogar noch größer. In einer Spankingbeziehung kann man jedoch jeden Fehler sofort zugeben – die Folge wäre das Versohlen des Hinterteils, aber die dabei entstehenden Lustgefühle dürften letztlich beiden zugute kommen. Damit wird aber der Schuldige zudem ohne Gesichtsverlust oder Beschädigung seines Stolzes zügig von seinen Schuldgefühlen befreit und Fehler können schneller korrigiert werden. In gewisser Weise stellt ein Spanking damit auch eine permanente Erinnerung an die Bedeutung von Regeln dar, weil im Falle eines Regelverstoßes dem Schuldigen die daraus resultierenden Konsequenzen von vornherein klar sind und mit dem Verbüßen der jeweiligen Strafe keine Disharmonien nachhallen werden. Angesichts des beim Strafvollzug erlebbaren Lustgefühls kann sogar einem Regelbruch noch etwas Positives abgerungen werden. Letztlich kann sich der Schuldige aber auf jeden Fall nach dem dafür verhängten Spanking befreit fühlen, weil alles vergeben und vergessen ist. Allerdings darf man diese Möglichkeit nicht überfordern, denn einen ernsthaften Streit kann und darf man niemals mit einem Spanking beilegen wollen, zumal es dafür sicher nicht das Einverständnis des anderen Beteiligten geben dürfte. Aber bei kleineren Frechheiten/Unverschämtheiten, Ungehorsam oder sonstigen harmlosen Gegebenheiten oder Regelverstößen ist das Spanking für die Klärung und damit das ‚Aus-der-Welt-schaffen' gut geeignet.

Zusammenfassend kann man festhalten, dass das Spanking die Kommunikation in einer Beziehung stärkt und auf neue Ebenen führt. Zudem ist es eine der vielen Facetten der Erotik, und wie alle anderen auch bereitet sie demjenigen, der sich darauf einlässt und dieses Faible genießt, sehr viel Spaß und führt ihn zur sexuellen Erfüllung. Das wiederum ist gut für den Abbau von Stress, und davon gibt es in unserer schnelllebigen Zeit ja mehr als genug. Wenn man dann bei einer Spankingsitzung entspannen und seine Lust ausleben kann, tut man sich und seinem Partner oder seiner Partnerin etwas Gutes – und darauf kommt es doch schließlich in jeder Beziehung an.

# Warum mag ich Spanking?

Über die Frage, warum ich Spanking mag, habe ich oft und sehr lange nachgedacht. Im Wesentlichen dürften zwei Aspekte die Ausprägung dieses Faibles begünstigt haben: Zum einen ist es das seit Schulzeiten bestehende Streben nach guten bis sehr guten Leistungen. Da ich zu Schulzeiten weder ein guter Sportler noch ein extrovertierte Lautsprecher war und mich auch nicht zum ‚Klassenclown' geeignet habe, musste ich mir die Anerkennung (und später auch die Gunst der Mädchen) auf andere Weise erarbeiten. Dafür blieb mir nur der Weg der guten schulischen Leistungen, abgesehen natürlich vom Sportunterricht. Dieses Streben scheint bis zu einem gewissen Grad auch meinem Naturell zu entsprechen, wenngleich natürlich auch ich immer wieder Phasen der Lustlosigkeit gehabt habe oder bestimmten Aufgaben mit großer Unlust begegnet bin. Die Erledigung von letzteren habe ich dann gewöhnlich solange aufgeschoben, bis der Zeitdruck die umgehende Bearbeitung erforderlich gemacht hat. Dadurch kam dann natürlich immer Stress auf, vor allem wenn ich das Lernen für eine Klassenarbeit zu lange aufgeschoben hatte, der sich nicht selten durch das unverhoffte Auftreten zusätzlicher Aufgaben wie umfangreicher Hausaufgaben noch weiter erhöht hatte, manchmal bis zu einem benahe unerträglichem Maß. Beides, sowohl die Lustlosigkeit als auch das permanente Aufschieben unangenehmer Aufgaben hat sich nach der Schulzeit in Ausbildung und Beruf fortgesetzt – das Aufgeben schlechter Eigenschaften fällt ja bekanntlich enorm schwer. Das Ergebnis war eine immer wiederkehrende, vermeidbare Stresssituation, die ich weiterhin als extrem unangenehm empfunden habe, sodass ich schließlich mit der Suche nach einer Lösung begonnen habe.

Begünstigt wurde diese Suche durch den zweiten Aspekt meines Daseins: Ich bin in einer Familie aufgewachsen, in der schulische und berufliche Leistung als wichtig angesehen wurde. Zwar gab es viele persönliche Freiheiten, aber bei einem ‚Ungenügend' oder einem ‚Mangelhaft' in einer Klassenarbeit gab es wahlweise eine Ohrfeige oder einen Povoll, bei einer schlechten Note auf dem Zeugnis aber garantiert eine tüchtige Tracht Prügel. Heute wäre das unvorstellbar, aber damals war das vollkommen normal und wurde in den Familien meiner Mitschüler und Freunde so gehandhabt. Auf diese Weise habe ich mehr oder weniger unbewusst gelernt, mich auch in mir unangenehmen Fächern anzustrengen und zumindest ausreichende bis befriedigende Noten zu erhalten, um einer Strafpredigt oder gar einem Povoll zu entgehen.

Mit dem Erreichen der Pubertät stellten sich jedoch nach einer Ohrfeige oder gar nach einem Povoll merkwürdige Gefühle der Lust ein, wobei ich damals den Zusammenhang zwischen Schmerz und Lust nicht einzuordnen vermochte. Als sich diese Gefühle nach dem Beziehen eigener Hiebe oder beim Anschauen entsprechender Szenen in Filmen oder dem Lesen in Büchern schließlich sogar in heftige sexuelle Erregung verwandelten und nicht selten in der Selbstbefriedigung endeten, verstand ich die Welt nicht mehr. Von meinen Mitschülern berichtete keiner über solche Gefühle, sodass ich mich lange Zeit für abnorm hielt. Erst mit dem Erreichen der Volljährigkeit und den ersten neugierigen Besuchen von Sexshops entdeckte ich Hefte und Filme mit Inhalten, wie ich sie mir bis dahin in meiner Fantasie vorgestellt hatte. Durch diese Quellen erfuhr ich letztlich, dass diese Form der Lustgewinnung ‚Flagellantismus' genannt wurde, was sich im Laufe der Jahrzehnte dann zu ‚Spanking' gewandelt hat. Dank der Fülle an Filmen und Literatur zum Thema Spanking erkannte ich, dass es sich um eine Facette der Erotik handelt und ich mit diesem Faible nicht alleine auf der Welt bin. Mit diesen neuen Erkenntnissen hielt ich mich nicht mehr für abnorm, sondern fühlte mich als Teil einer gesellschaftlichen Gruppe, die ihr Faible aus Sorge um gesellschaftliche Ressentiments besser geheim halten sollte, also als Teil einer Minderheit. Da das Internet zu der Zeit noch nicht so weit verbreitet war wie heute, war das Finden von gleich gesinnten Menschen nicht einfach, aber mit zunehmender Verbreitung von Computern und Internet verbesserten sich die Rahmenbedingungen, was meine Suche spürbar erleichterte.

Nachdem ich in meiner Fantasie viele Spankingsituationen durchlebt hatte, wollte ich es kurz nach meiner Volljährigkeit schließlich auch real ausprobieren. In Ermangelung einer gleich gesinnten Partnerin wich ich auf das Angebot einer professionellen Sexarbeiterin aus. Dabei hatte ich das Glück, an eine Könnerin ihres Fachs zu geraten, die mich, den Neuling in der Welt des Spankings, behutsam mit den Realitäten des Faibles bekannt gemacht hat. Durch den Konsum von Geschichten und Filmen hatte ich nämlich eine bestimmte Vorstellung vom Ablauf einer solchen Sitzung entwickelt und glaubte zudem die Auswirkungen der Hiebe erahnen zu können, aber in der Praxis erkannte ich schnell, dass zwischen Geschichten und dem tatsächlichen Erleben ein gewaltiger Unterschied war. Die ersten Hiebe mit dem Rohrstock fühlten sich beispielsweise viel schlimmer als erwartet an, und die Spuren waren auch entsprechend länger sichtbar. In meiner Unerfahrenheit hatte ich um ein ‚richtiges' Spanking gebeten, nicht um ein ‚erotisches Spanking'. Meinem Wunsch entsprechend war meine erste Bekanntschaft mit dem Rohrstock dann auch ein Strafspanking gewesen, aber die Sexarbeiterin erkannte rasch, dass ich mich damit zu übernehmen drohte. Also milderte sie die Hiebe während der Sitzung kurzerhand ab und nahm sich hinterher die Zeit, mich über diverse Irrtümer aufzuklären. Kein Wunder also, dass ich diese Frau immer wieder aufsuchte. Bei meinen späteren Besuchen fing sie eher behutsam an, bevor sie die Intensität der Hiebe langsam steigerte. Zudem machte sie mich bei jeder Sitzung mit einem anderen Strafinstrument bekannt, sodass ich nicht nur mein Faible immer weiter an meine Bedürfnisse anpassen konnte, sondern zudem eine große Bandbreite an Strafinstrumenten und deren Wirkung kennen lernte. Am Ende waren unsere Sitzungen eine Mischung aus einem etwas strengeren erotischem Spanking und meiner Unterwerfung, also in gewisser

Weise eine Verbindung von Spanking und Bondage/Sadomasochismus (BDSM). Sie nahm sich dafür immer viel Zeit, und falls ich mein ‚bestelltes' Zeitlimit wegen ihrer Erklärungen, Demonstrationen und Tipps überzogen hatte, verlangte sie dafür keine weitere Zahlung. Ich liebte diese Treffen ungemein, und durch sie bin ich zu einem Spankee geworden.

Mit diesen erotischen Erfahrungen bei Spankingsitzungen bin ich fortan durch das Leben gegangen. Die Sexarbeiterin verlegte irgendwann ihren Tätigkeitsbereich in eine andere Stadt, sodass der Kontakt bedauerlicherweise abbrach. Dennoch bin ich ihr bis heute dankbar für die viele Zeit, die sie sich für meine Einführung in die Welt des Spankings genommen hat. Bei späteren gelegentlichen Besuchen von anderen professionellen Sexarbeiterinnen hatte ich dann weniger Glück, stattdessen bekam ich das Gefühl, dass es heutzutage nur noch um die schnelle Bedienung geht. Niemand scheint sich die Zeit nehmen zu wollen, einen Neuling mit den Feinheiten des Spankings vertraut machen zu wollen. Vielleicht liegt das aber auch daran, dass sich heutzutage jeder über das Internet ausführlich informieren und auch einen Partner oder eine Partnerin finden kann, also im Gegensatz zu mir während der ‚Vor-Internet-Zeit' deutlich besser informiert und vorbereitet ist. In meiner Jugendzeit und auch in der Zeit als junger Erwachsener war das noch nicht möglich – vielleicht hatte ich aber auch einfach nur Glück, an eine besonders einfühlsame Sexarbeiterin geraten zu sein.

Nach Schule und Ausbildung startete ich in meinen Beruf. Mit zunehmendem Verweilen im Berufsleben stiegen die dortigen Anforderungen, was sicher dem Lauf der Dinge entspricht. Wie gewohnt schob ich unangenehme Aufgaben ‚auf die lange Bank', sodass ich dann irgendwann unter besonders hohem Termindruck arbeiten und dennoch gute Leistungen erbringen musste. Anders als in der Schule, wo man eine verhauene Klassenarbeit durch eine andere ausgleichen konnte, verzeiht jedoch die berufliche Tätigkeit beziehungsweise der Chef keinen Fehler. Nach einer besonders intensiven Stresssituation wusste ich, dass sich etwas ändern musste. Dabei kam mir der Gedanke, mein erotisches Faible für eine Verbesserung meiner Arbeitsweise auszunutzen: Ich nahm mir also vor, alle Arbeiten, auch die unangenehmen, schnellstmöglich in bester Qualität zu erledigen. Sollte ich das nicht tun, würde ich mir das Hinterteil bei einem Strafspanking gründlich versohlen lassen. Zwar hatte ich zu dem Zeitpunkt noch niemanden, der einen solchen Strafvollzug hätte vornehmen können, aber alleine der Gedanke an eine Züchtigung mit dem Rohrstock beeinflusste mein Arbeitsverhalten auf ungemein positive Weise. Auf Grund des durch die zügige Erledigung aller Arbeiten wegfallenden Stresses ging es mir viel besser als bei meiner vorherigen Vorgehensweise. Aber da auch ich nur ein Mensch bin und mich daher nur schwer von alten Verhaltensmustern lösen kann, hielt die positive Wirkung leider nur für ein paar Wochen an. Danach verfiel ich langsam, aber stetig wieder in mein altes Verhaltensmuster. Damit war irgendwann klar, dass ich mein selbst gestecktes Ziel, nämlich das Erdulden eines Strafspankings, umsetzen musste. Natürlich hätte ich es auch bleiben lassen können, aber dann wäre ich meinen eigenen Zielen untreu geworden, was mich sicher fürchterlich gewurmt hätte. Da ich das nicht wollte und ich mir zudem eine ‚heilsame' Wirkung für mein Arbeitsverhalten erhoffte, machte ich mich schließlich an die Umsetzung meines Vorhabens. Bereits lange zuvor hatte ich eine Person mit gleichem Faible gesucht, die mit mir erotisches Spanking praktizieren würde. Tatsächlich war ein entsprechender Kontakt zustande gekommen, allerdings nur als reine Spielbeziehung – an mehr war sie nicht interessiert. Da ich mit ihr aber bereits einige Sitzungen erlebt und sich rasch eine sehr große Vertrautheit eingestellt hatte, schilderte ich ihr mein Problem und meine diesbezüglichen Überlegungen. Am Ende habe ich sie um ein Strafspanking gebeten. Anfangs war sie über meinen Wunsch und dessen Hintergrund überrascht, aber aus irgendeinem Grund konnte sie meine Gedanken nachvollziehen. Sie erklärte sich daher einverstanden, und so wurde ich erstmals für eine tatsächlich begangene berufliche Nachlässigkeit ernsthaft bestraft – und das nicht zu knapp! Nach diesem Erlebnis ging es anderntags mit meiner Leistung tatsächlich sprunghaft bergauf, und selbst sehr unangenehme Dinge erledigte ich umgehend – anfangs erinnerte mich mein beim Sitzen schmerzendes Gesäß an die Konsequenzen von Schlendrian, später trat die Erinnerung an das Strafspanking an die Stelle der Schmerzen.

Bei den folgenden Treffen mit meiner Spankingpartnerin machte sie es sich zur Gewohnheit, mich jedes Mal nach meiner Arbeitsleistung zu befragen, worauf ich stets wahrheitsgemäß antwortete. Natürlich hätte ich auch lügen können, aber ich hatte ja die motivierende Wirkung der Hiebe selber erlebt und wollte sie weiterhin nutzen. Im Laufe der Zeit kam es wegen ihrer Befragungen und meinen ehrlichen Antworten immer wieder zu entsprechenden Bestrafungen. Manchmal bat ich aber sogar von mir aus um ein Strafspanking, um der spürbar steigenden Lustlosigkeit rechtzeitig entgegen wirken zu können. Auf diese Weise konnte ich meine Arbeitsleistung dank meiner Spielpartnerin und des rechtzeitigen Einsatzes des Rohrstocks als ‚Motivationshilfe' auf einem relativ konstanten Niveau halten, was mir zu beruflichem Ansehen verhalf, aber auch immer wieder viel Neid einbrachte.

Wenn ich das Ganze zusammenfassen sollte, würde ich sagen, dass ich beide Arten des Spankings als Spankee lieben gelernt habe: Zum einen das erotische Spanking, weil es Bestandteil meiner Sexualität ist und mir das Ausleben große Lustgefühle beschert, zum anderen sorgt das Strafspanking für die Vermeidung von beruflichen Problemen auf Grund von Schlendrian und vermeidet auf diese Weise vermeidbaren Stress. Natürlich spielt neben dem beruflichen Nutzen auch beim Strafspanking der erotische Aspekt eine gewichtige Rolle, was mir vielleicht unbewusst das Erdulden der Züchtigungen erleichtert.

Mit dem Erlebten und dem Ausleben meines Faibles hätte es sein Bewenden haben können, aber dem ist nicht so: Nachdem ich viele Jahre als Spankee gelebt und dabei verschiedene Spielpartnerinnen gehabt habe, kam irgendwann der Wunsch in mir auf, auch mal die aktive Rolle erleben zu wollen. Also machte ich mich auf die Suche nach entsprechenden Interessentinnen, wobei ich aber stets gleich am Anfang eines Kontakts immer erwähnt habe, dass ich in dieser Funktion Anfänger sei. Das hat viele potentielle Spankees abgeschreckt, was jedoch verständlich ist, denn beim Spanking gehören Vertrauen und Verlässlichkeit unbedingt dazu. Bei einem Anfänger als Spanker nimmt man gewöhnlich Abstand aus Sorge, dass sein Können nicht ausreicht, um die gesundheitliche Unversehrtheit des Spankees zu gewährleisten. Diese Denkweise ist einerseits logisch, aber andererseits kann damit ein Neuling in der Rolle des Spankers keine Erfahrungen sammeln. Zu meiner großen Freude gestand mir aber eines Tages eine sehr gute Bekannte ihr Interesse an Spanking. Sie hatte es noch nie zuvor praktiziert und auch bis dahin niemandem von ihrem geheimen Wunsch erzählt, aber sie wollte es unbedingt mal erleben. Warum sie mich ins Vertrauen gezogen hat, ist eine andere Geschichte, die zu weit vom eigentlichen Thema wegführen würde. Im Ergebnis war es ihr egal, dass ich als Spanker keine Erfahrung hatte, aber als langjähriger Spankee konnte ich mich gut in ihre Gefühlswelt hineinversetzen. Wir haben uns also schließlich getroffen und sie konnte ihre geheimen Lüste auf einem niedrigem Level ausleben. Weil es ihr ungemein gut gefallen hat, treffen wir uns seitdem immer wieder und haben im Laufe der Zeit das Niveau der Sitzungen immer weiter angehoben. Sie favorisiert das erotische Spanking, was ich selbstverständlich akzeptiere, und so leben wir diese Vorliebe aus als Vorspiel für weitergehende sexuelle Aktivitäten. Inzwischen versucht sie sich auch bei mir als Spanker, aber obwohl sie das noch nicht so richtig hinbekommt, macht sie dabei große Fortschritte. Leider reichen diese (noch) nicht aus, um an mir ein Strafspanking zu praktizieren, aber ich bin guter Dinge, dass sie das auch bald beherrschen wird. Bis dahin brauche ich bei Bedarf jemand anderes für meine Züchtigung, aber es ist eben nichts perfekt. Meine Freundin und ich arbeiten aber beide an einer entsprechenden Optimierung unserer Spankingbeziehung. ☺

## Spanking und Gefühle

Spanking gilt als eine von vielen Facetten der Erotik. Der Lustgewinn entsteht für die handelnden Akteure entweder im Versohlen einer anderen Person oder im Empfang von Schlägen auf das Gesäß. Da jeder nach seiner Fasson selig werden soll, ist das ein erlaubtes Ausleben der Sexualität, solange die Spankingsitzungen zwischen Erwachsenen, im gegenseitigen Einvernehmen und unter Wahrung des Gesundheitsschutzes abgehalten werden. Doch welche Wünsche haben Spankingfreunde, die sie bei entsprechenden Sitzungen befriedigen möchten, und welche Gefühle entwickeln sie dabei?

Die Bandbreite der Szenarien ist bei Spankingspielen sehr breit und reicht beispielsweise von Schulerziehung, Ageplay (ein Erwachsener schlüpft in die Rolle eines Kindes oder Jugendlichen, der andere in die eines Elternteils) über häusliche Disziplinierungen in der Beziehung bis hin zu Verhören im Kerker und imitierten juristischen Strafverfahren mit anschließendem Strafvollzug. Manchmal kommen auch Zusatzstrafen wie zum Beispiel Eckestehen, schriftliche Strafarbeiten oder ähnliches zum Einsatz, des Weiteren werden Spankees insbesondere bei gewünschten harten Schlägen auch gefesselt, sodass die aus dem Sadomasochismus bekannte Variante des Bondage zumindest ansatzweise hier mit hineinspielt. Für Außenstehende wirken solche Szenarien hart, manchmal auch brutal, weshalb die Sexualpraktik des Spanking in der Gesellschaft zumindest offiziell oftmals auf Ablehnung stößt.

Dabei wird jedoch nicht selten übersehen, dass alle Szenarien von den Akteuren gewünscht werden und ähnlich wie bei einer Theateraufführung eine Kulisse benötigt wird, um den größtmöglichen Lustgewinn erzielen zu können. Was aber reizt Spankingfreunde (auch Spankos genannt) am lustvollen Austeilen oder Empfangen von Hieben und wie erklären sie sich ihre Vorliebe?

Ein großer Teil der passiven Spankingliebhaber (auch Spankees, Bottoms oder Subs genannt) steht nach eigenen Angaben auf das ‚klassische Versohlen' wie zu ihren Kindertagen. Dabei wird das Ausleben dieser Neigung von vielen in einer festen Beziehung favorisiert, wobei manche die Ausführung an häusliche Erziehung oder Ehezucht erinnern lassen wollen. Als Hintergrund für diese Neigung gilt der Wunsch nach Anleitung oder Führung und kommt oft in Verbindung mit dem Wunsch nach einem Gefühl der Geborgenheit einher. Für manche besteht der Reiz aber auch darin, sich innerhalb ihres Rollenspiels ausgeliefert zu fühlen, ohne dieses real tatsächlich zu sein. Egal, welche der beiden Gründe für Spankees ausschlaggebend sind, steht fest, dass sie damit dem aktiven Part (auch Spanker oder Top genannt) das Heft des Handelns überlassen und sich fallen lassen wollen, um so ihre Lust in vollen Zügen genießen zu können. Natürlich sind die Rahmenbedingungen üblicherweise abgesprochen, sodass ein Spanker genau weiß, wie er seinen passiven Part am besten verwöhnen kann. Allerdings kann eine solche Beziehung nur dann funktionieren, wenn der Top gerne führt und Spaß daran hat, innerhalb des einvernehmlich festgelegten Rahmens die Führung innezuhaben. Nun besteht das Leben jedoch nicht nur aus Erotik, sondern auch aus dem ganz banalen Alltag - ob die Führungsrolle des Spankers auch außerhalb der Lusterfüllung gilt und vom Spankee anerkannt wird, ist nicht zwangsläufig eine Voraussetzung für eine intakte Beziehung. Viele Spankingfreunde leben ein solches Rollenverständnis nur im Rahmen ihrer Lusterfüllung aus, andere integrieren es tatsächlich in ihren Alltag und verschaffen sich damit einen dauerhaften erotischen Kitzel oder genießen die jeweilige Rolle, weil es ihrer persönlichen Mentalität entspricht. Solange das freiwillig und im gegenseitigen Einvernehmen geschieht, ist wohl nichts dagegen einzuwenden, zumal ja jeder der Akteure die Möglichkeit zum jederzeitigen Ausstieg aus einer solchen Vereinbarung hat. Sollte jemandem der Ausstieg oder ein Rollenwechsel verwehrt werden, wäre die Freiwilligkeit nicht mehr gegeben – dann wäre es aber auch kein Spanking als sexuelle Variante mehr und wir dürften uns im Bereich des Strafrechts bewegen.

Durch das Spanking werden aber nicht nur der Wunsch nach Anleitung, Führung und Geborgenheit angesprochen, sondern je nach Individualität der Akteure auch andere Gefühle. Eines davon ist der Wunsch von einigen Spankees nach Korrektur einer Verhaltensweise und/oder das Bedürfnis nach einer als gerecht empfundenen Strafe für ein Vergehen. Ob es sich dabei um reale Vergehen und daher erforderliche Korrekturen handelt oder um absichtliche, also vorgeschobene Vergehen handelt, kommt auf die Art des Rollenspiels an und ist letztlich von den handelnden Akteuren abhängig. Da nämlich das Spanking eine erotische Spielart ist, verstoßen manche Spankees absichtlich gegen eine Regel oder benehmen sich frech und unartig, um von ihrem Spanker versohlt zu werden und somit in den Genuss von Hieben und damit dem Vorspiel zu ihren lustvollen Empfindungen zu kommen. Dabei empfinden viele Subs während ihrer Bestrafung neben sexueller Lust auch ein Gefühl des Angenommenseins und genießen die vollumfängliche Aufmerksamkeit, die sie von ihrem Partner oder ihrer Partnerin bekommen. Diese Beflissenheit ist nicht weiter verwunderlich, weil der aktive Part während der von ihm vorgenommenen Züchtigung seinerseits Lustempfinden verspürt. Die sexuelle Wirkung eines Spankings auf den aktiven und auf den passiven Part ergänzt sich also, sodass beide Teile ähnlich Yin und Yang zusammenpassen müssen, damit beide Seiten ihre größtmögliche Erfüllung finden können.

Neben einem entsprechenden Szenario und einer dazu passenden Rollenverteilung, beispielsweise Lehrer und Schulmädchen, ist es für jeden Spanker zum Erreichen der größtmöglichen Befriedigung des Spankee unabdingbar, dessen geheimste Wünsche und Gefühle zu kennen, weil er nur dann seine Handlungen danach ausrichten kann. Die Offenbarung der intimsten Geheimnisse setzt ein entsprechend großes Vertrauen des Spankee in seinen Partner voraus, um sich öffnen und die geheimsten Wünsche offenbaren kann. Da sicher auch der Top eigene Vorstellungen und Träume hat, muss auch er sich entsprechend öffnen, damit Spankee sein Verhalten daran ausrichten kann. Es ist also ein gegenseitiges Geben und Nehmen erforderlich. Eine solche gegenseitige Öffnung der tiefsten Höhlen der Seele ist nun aber ein gewaltiger Vertrauensbeweis, der bei Erbringung und gegenseitiger Unterstützung beim Ausleben der geheimsten erotischen Träume zu einer intensiven Verbundenheit der beiden Akteure zueinander und engeren Bindung in ihrer Beziehung führen dürfte.

Neben den bereits oben geschilderten Gefühlen sollte auch die Neigung zum ‚Spieltrieb' nicht vernachlässigt werden, vor allem weil das Spanking auch als eine Form des Vorspiels vor dem eigentlichen Geschlechtsakt dient. Werden bei ‚Vanilla-Beziehungen' gerne optische Reize wie beispielsweise aufreizende Kleidung, Dessous oder Küsse und Berührungen zum ‚Anheizen' des jeweils anderen eingesetzt, werden in einer Spankingbeziehung von manchen Subs gerne ‚Regelverstöße' begangen, um dem anderen das Bedürfnis nach einem Povoll und damit nach sexuellem Verlangen zu signalisieren. Dann kann es je nach Absprache dazu kommen, dass sich der passive Part spielerisch sträubt oder sich ‚wehrt', um das Spiel authentischer und damit für beide reizvoller zu machen. Das funktioniert natürlich nur, wenn das ‚Brechen des Widerstandes' für den aktiven Part einen entsprechenden Kick darstellt, ohne dass es tatsächlich zu echter Gegenwehr und echter Gewalt seitens der anderen Seite kommt. Bei echter Gegenwehr oder Gewalt wären strafrechtliche Konsequenzen nur logisch zwingend. Sollte das Ganze aber lediglich als Teil des beidseitig gewünschten Szenarios gespielt sein, wäre es unproblematisch: Für manche Menschen stellt es eben einen besonderen Reiz dar, sich auszuliefern, während für andere die Verlockung nach ‚Überwältigung' einen hohen Stellenwert hat.

Nun werden Körperstrafen, insbesondere bei einem Strafspanking, aber durchaus von Spankees ambivalent gesehen: Während sie sich einerseits nach einer Bestrafung sehnen, fürchten sie diese zugleich. Aus eigenem Erleben und entsprechenden Gesprächen habe ich den Eindruck gewonnen, dass sich eine Spankingsitzung grob skizziert in drei Phasen unterteilen lässt:

1. Die Vorfreude: Hier freut man sich als Passiver auf die Hiebe zur Lusterfüllung und die sexuelle Aktivität nach den überstanden Hieben, während beim Aktiven die Freude am Platzieren der Hiebe und auf die Reaktionen des Spankees ebenso wie die Freude auf die folgende Lusterfüllung überwiegen dürfte.

2. Der Povoll (ggf. um die eine oder andere Zusatzstrafe wie das Eckestehen verstärkt): Hier steigert der Schmerz die Lust bei den Spankees oder löst diese erst aus, aber wegen der mehr oder minder starken Schmerzen kann sich auch ein Gefühl des Unbehagens ausbreiten. Beim aktiven Part dürfte hingegen das Versohlen innerhalb des zuvor abgesprochenen Rahmens bereits die entsprechenden Lustgefühle auslösen.

3. Der Schlussakt: Hier erfolgen das Trösten des Spankees durch den Spanker und anschließend in der Regel der einvernehmliche Geschlechtsakt.

Dieses Wechselbad der Empfindungen vor, während und nach einer Sitzung übt auf viele Spankingfreunde einen großen Reiz aus, was vor allem in Kombination mit den oben genannten Gefühlen verstärkend für das Faible wirkt. Hinzu kommt bei manchen Spankees noch ein gewisser Ehrgeiz während der zweiten Phase, nämlich das Aushalten des Strafmaßes. Auch wenn vor einer Spankingsitzung vom Szenario über die Rolle der Akteure auch die einzusetzenden Strafinstrumente sowie die Intensität der Hiebe genau abgesprochen und vereinbart worden sind, ziehen nicht wenige einen Reiz daraus, an ihre Grenzen geführt zu werden. Dann wird aus dem Spiel ein absichtlich herbeigeführter Kampf mit sich selber zum Durchhalten. Die dabei mit Sicherheit auftretende Körpersprache, Mimik und Lautwiedergabe stellt wiederum für den Spanker einen lustbetonten Anreiz dar. Allerdings darf der Aktive dabei nie das Wohl des Spankees außer Acht lassen und muss eine drohende Überforderung bereits im Ansatz erkennen und das Spiel gegebenenfalls abbrechen.

Die zweite Phase kann aber auch durch weitere Elemente verstärkt werden, beispielsweise durch eine der Züchtigung vorangehende Beschämung. Diese kann in Form einer ‚Strafpredigt' daherkommen und in den ‚Befehl' zum Entblößen des Gesäßes oder dem vollständigen Entkleiden münden. Ob mit diesen Aktionen tatsächlich eine Beschämung erreicht werden kann, darf in festen Beziehungen bezweifelt werden, aber zumindest an deren Anfang könnte sie real sein. Dabei ist dieses ‚Zieren' oder ‚Schämen' nicht auf Spankingfreunde beschränkt, sondern könnte wohl auf alle Paare am Anfang ihrer Beziehung zutreffen, die sich in irgendeiner Form der Lusterfüllung hingeben.

Im Rahmen dieser Betrachtung hat sich somit eine große Bandbreite an Gefühlen ergeben, die von Spankingfreunden angeführt werden, um ihren Lustgenuss zu erklären. Doch auf welchen Ursprung lassen sich diese Empfindungen zurückführen? Natürlich würde man an dieser Stelle sofort auf entsprechende Erfahrungen mit Körperstrafen während der Kindheit und Jugend oder gar dabei entstandene Traumata schließen, aber dem stehen zahlreiche Aussagen von Spankinganhängern entgegen, die eine gewaltfreie Kinder- und Jugendzeit geltend machen. Das legt nahe, dass es einen anderen Ursprung geben muss.

Um bei diesem Gedanken weiterzukommen, muss man zunächst akzeptieren, dass nicht wenige Menschen aus einem Schmerz ein Glücksgefühl entwickeln und dieses in sexuelle Erregung und Lustgefühle transformieren können. Somit wäre es logisch, den Ursprung aller Gefühlsregungen in Sachen Spanking in der Sexualität zu sehen. Dem steht jedoch entgegen, dass einige und insbesondere auch Personen, die in Kindheit und Jugend keine Körperstrafen erlebt haben, immer wieder erklären, dass die Sehnsucht nach einem Povoll bereits vor ihren ersten sexuellen Gefühlen bestanden habe. Sie widersprechen daher dem Zusammenhang mit der Sexualität und betrachten oftmals ihr Faible als angeborene persönliche Eigenschaft.

Zu diesem Aspekt könnte passen, dass eine kleine Gruppe innerhalb der Spankingszene erklärt, von Reizen außerhalb ihres Lebensumfeldes oder ihrer Persönlichkeit zum Praktizieren eines Spankings angeregt worden zu sein. Allerdings greift dieser Erklärungsansatz nach meinem Dafürhalten zu kurz, weil diese Anregung oder Beeinflussung von außen auch auf eine bislang unterdrückte oder übersehene Sexualität zutreffen könnte. Ein Schlüsselerlebnis könnte daher sowohl eine persönliche Eigenschaft als auch eine sexuelle Vorliebe zum Vorschein gebracht haben. Damit neutralisiert sich dieser Aspekt jedoch und ist für die Ursachenforschung nicht hilfreich.

Allerdings fühlen sich viele Spankinganhänger nicht nur vom realen Ausleben eines Spankings und den damit verbundenen Situationen, Blicken, Gesten, Worten usw. angesprochen, sondern auch von Bildern, Videos, Büchern, Zeitschriften, Kleidung und vielem mehr. Einzelne oder mehrere dieser Faktoren können sie reizen und erotisch animieren. Als Folge möchten sie nicht selten die gesehenen Handlungen mit ihrem Partner/ihrer Partnerin real nachstellen oder, im Falle von beispielsweise Kleidung, bestimmten Gegenständen usw. diese angezogen oder eingesetzt wissen. Solange sich die beiden Akteure in einer Beziehung oder in einer Spielbeziehung befinden, steht der Umsetzung nichts im Wege, aber manche Spankingfreunde befinden sich gerade nicht in einer

Liaison. Für diesen Personenkreis wird die Erfüllung der oben genannten Wünsche schwierig. Die Lösung besteht dann in Ermangelung eines Partners oder einer Partnerin in der Autoerotik, sodass sich die betreffende Person entweder der Masturbation (Frau) beziehungsweise der Onanie (Mann) hingibt. Damit stehen auch hier der sexuelle Höhepunkt und damit die Lusterfüllung im Vordergrund.

Bei Abwägung aller Argumente und in Würdigung der Wünsche, Träume und Gefühle kommt man sowohl bei Paaren als auch bei den Einzelpersonen immer wieder auf die Erotik zurück. Das lässt meines Erachtens nur den Schluss zu, dass das Spanking und alle damit verbundenen Gefühle im Bereich der Erotik zu verorten sind. Somit würde sich logisch zwingend der Ursprung sowohl der Neigung zum Spanking als auch der Gefühle von Spankinganhängern im Bereich der Sexualität befinden. Zwar wird dieser Schluss von Anhängern der These, dass es sich um eine angeborene Eigenschaft handelt, bestritten werden, doch ist nicht auch die Sexualität eines jeden Menschen dessen ureigene individuelle Eigenschaft? Vielleicht sind die beiden diskutierten Ursprünge nicht voneinander zu trennen und als Symbiose zu sehen?

Die Diskussion über den Ursprung des Faibles ist jedenfalls noch immer in vollem Gange. Wahrscheinlich wird das Finden einer Antwort noch sehr lange dauern, sofern man überhaupt ein belegbares Ergebnis erzielen kann, das alle Seiten zufrieden stellen würde. Aber auch wenn die Frage nach dem Ursprung der Gefühlswelt derzeit noch ungeklärt ist, kann man festhalten, dass es bei Spankingfreunden eine große Bandbreite an Gefühlen gibt, die in ihrer Darstellung denen von Anhängern anderer sexueller Facetten gleichen. Entgegen dem ersten Eindruck lassen sich also auch mit einem Povoll zahlreiche die Lust betonende Empfindungen verbinden, auch wenn einem Außenstehenden das Verständnis hierfür schwer fallen sollte.

## Spanking – ein Tummelfeld für Nerds?

Manchmal kann man hören, dass Spankingfreunde nichts anderes als ‚Nerds' seien, nur eben im Bereich der Sexualität. Nun kommt es sicher immer auf den jeweiligen Kontext an, aber irgendwie schwingt bei der Verwendung dieses Begriffes oftmals ein gewisser negativer Unterton mit, der gewöhnlich abwertend, manchmal aber auch ‚nur' belächelnd gemeint zu sein scheint. Aber was ist eigentlich ein ‚Nerd', welche Eigenschaften muss man aufweisen, um von den anderen zu dieser Gruppe hinzugerechnet zu werden? Wer sind überhaupt diese ‚anderen'? Erst wenn diese Fragen geklärt wären, würde man zum eigentlichen Thema kommen, nämlich ob Spankingfreunde ganz allgemein Nerds sind oder dies ‚nur' auf sexuellem Gebiet zutreffen könnte. Vielleicht aber sind sie auch gar keine Nerds und die Bezeichnung wird auf sie fälschlicherweise angewendet?

Der Begriff ‚Nerd' bezeichnete ursprünglich einen Sonderling, aber inzwischen hat er sich zu einer ‚modernen' Bezeichnung für einen ‚Computerfreak' verengt. Eigentlich ist es aber noch immer die Bezeichnung für einen Menschen, der an Spezialinteressen hängt und soziale Defizite aufweist.[1] Der Verwender des Begriffes ‚Nerd' kann dies abwertend, aber inzwischen auch anerkennend meinen. Zwar gibt es für das Ausdrücken von Anerkennung und Respekt eine Reihe von anderen Begriffe wie beispielsweise ‚Fachmann' oder ‚Koryphäe', aber da im deutschen Sprachgebrauch ein Hang zum

Englischen oder zumindest Pseudo-Englischen[2] besteht, ist die Verwendung des amerikanischen Begriffs ‚Nerd' nicht weiter verwunderlich.

Das erste Erscheinen des Wortes ‚Nerd' erfolgte in einem Buch von Dr. Seuss aus dem Jahre 1950, im amerikanischen Slang ist der Begriff seit 1951 dokumentiert und seit den 1960er Jahren populär. Im Deutschland wurde er im Jahre 2004 in den Duden aufgenommen und dort abwertend für einen „sehr intelligenten, aber sozial isolierten Computerfan" definiert. Im Laufe der letzten Jahre wurde diese Abwertung in der Realität auf andere Bereiche ausgedehnt. Diese ursprünglich negative Belegung erfuhr erst durch die Synchronisation amerikanischer Serien eine positive Umdeutung, als ‚Nerds' anders als bisher als sympathische Menschen mit hohem Potential in ihrem jeweiligen Fachbereich dargestellt wurden. Damit erfuhr der Begriff im Deutschen eine Umwandlung des ursprünglich als Antonym zum ‚Jock', einem athletischen und erotisch erfolgreichen Highschoolschülers, verwendeten ‚Nerd'[3], sodass sein Gebrauch nun, wenngleich selten, auch als Anerkennung verstanden werden kann. Bei einer positiven Betrachtung ist ein Nerd also ein Individualist, der durch den Besitz von hinreichenden Fachkenntnissen einen hohen Grad an Anerkennung innerhalb der jeweiligen Szene aufweist. Schaut man aus einer negativ eingestellten Position auf ihn, ist ‚Nerd' eine stereotype Bezeichnung eines in sozialen Belangen unbeholfenen und verschrobenen Einzelgängers, der ständig vor seinem Computer sitzt und darüber hinaus in soziale Isolation gerät. Die ‚Süddeutsche Zeitung' hat für einen Nerd die drei Eigenschaften „soziale Vernetzung per Mausklick, Ironie und Intelligenz" konstatiert.[4] In den Augen ihrer Altersgenossen oder Mitmenschen haben sie ein überdurchschnittlich ausgeprägtes Interesse an der Erlangung von Fach- oder Allgemeinwissen sowie auffällig rational geprägte Denk- und Verhaltensweisen. Dadurch erscheinen sie ihrem Umfeld gewöhnlich als unangepasst und eigenbrötlerisch, zumal sie oftmals deutlich wenig Interesse an den vorherrschenden Jugend- oder gesellschaftlichen Trends zeigen. Im weiteren Sinn sagt man Nerds eine Konzentration auf spezielle Dinge nach, die auf andere Menschen langweilig oder sonderbar wirken.[5]

Während der Begriff ‚Nerd' im Deutschen, wie oben gezeigt, ursprünglich auf ‚Computerfreaks' gemünzt war, hat er sich zwischenzeitlich auf alle Bereiche ausgedehnt, sodass man in jedem Spezialgebiet ‚Nerds' antreffen kann. Auch hinsichtlich des Geschlechts hat eine Öffnung stattgefunden, denn während die Bezeichnung ursprünglich auf männliche Personen angewendet wurde, werden insbesondere nach dem Auftreten von Frauen in der deutschen IT-Branche auch weibliche Personen mit den entsprechenden Eigenschaften als ‚Nerds' bezeichnet. Dieser Trend wurde und wird durch entsprechende Figuren in Filmen und Serien weiter verstärkt.[6] Damit umfasst dieser Begriff nun zusätzlich zu sämtlichen Bereichen auch alle Geschlechter.

Nachdem wir nun geklärt haben, was ein ‚Nerd' eigentlich ist und welche Eigenschaften er hat, stellt sich die Frage nach ‚den anderen', die einem Menschen ein solches Klischee anheften. Wie sich aus der oben skizzierten Entwicklung des Begriffs ergibt, ist er in seiner ursprünglichen Fassung als Gegenstück zu einem ‚Jock', einem athletischen und erotisch erfolgreichen Highschoolschüler, konzipiert gewesen. Diese ‚Jocks' galten als das erstrebenswerte Muster des Daseins für ihre männlichen Geschlechtsgenossen, aber auch als erstrebenswerter Partner für die überwiegende Mehrheit der Mädchen. Salopp könnte man also sagen, dass man ‚die anderen' als die Mehrheitsgesellschaft definieren könnte, von deren Verhalten und von deren Einstellungen sich ein Nerd gravierend unterscheidet.

Damit haben wir nun eine sehr gute Ausgangslage, um uns der eigentlichen Frage zuwenden zu können, nämlich ob Spankingfreunde Nerds sind oder nicht. Dabei muss man die Beschränkung auf die Bereiche Computer und IT weglassen und sich dem auf alle Bereiche ausgeweiteten Begriff zuwenden. Dabei ist zunächst festzustellen, dass Spankingfreunde aus allen beruflichen Bereichen und sozialen Schichten kommen und sich in ihrem Verhalten mit Ausnahme der sexuellen Vorlieben nicht von ihren Mitmenschen unterscheiden. Durch die ebenfalls in vielen Fällen bestehende Einbindung in berufliche Abläufe, das Vereinsleben vor Ort und in die Dorfgemeinschaft kann von einer sozialen Isolation weitestgehend nicht die Rede sein. Die oben genannte negative Sichtweise trifft also auf einen normalen Spankingfreund nicht zu. Das wäre auch kontraproduktiv, denn bei seiner Suche nach Gleichgesinnten muss er kommunizieren und damit nach außen interagieren. Das läuft aufgrund des so genannten technischen Fortschritts heutzutage weitestgehend über Computer, aber natürlich lässt sich ein wirkliches Spanking nur real erleben. Damit trifft die erste der von der ,Süddeutschen Zeitung' genannten Eigenschaft, nämlich die ,Vernetzung per Mausklick' nur bedingt auf Spankingfreunde zu. Hinsichtlich der beiden anderen Eigenschaften, nämlich Ironie und Intelligenz, ist zu sagen, dass diese Bewertung im Auge des jeweiligen Gesprächspartners liegt. Angesichts der breiten Berufspalette, die Spankingfreunde aufweisen, ist Intelligenz aber grundsätzlich zu bejahen.

Wie sich oben gezeigt hat, wird einem Nerd hohes Interesse an Spezialinteressen zugeordnet. Hierzu kann man durchaus das Spanking als Spielart der Erotik und Lusterfüllung zählen, denn für eine verantwortungsbewusste und für den Partner einfühlsame Weise des Auslebens der sexuellen Lust muss man sich diverse Kenntnisse aneignen. Überspringt man diesen Schritt, kann es bei der realen Umsetzung rasch zu Komplikationen in Form von Verletzungen (z.B. wegen fehlender Kenntnisse der Auswirkungen der einzelnen Schlaginstrumente oder der gesundheitsgefährdeten Körperregionen), Überlastung (beispielsweise bei Unkenntnis im Erkennen von Reaktionen), fehlender Sensibilität und anderen Dingen kommen. Natürlich können die beiden Akteure auch über das eigentliche Einvernehmen hinaus im gegenseitigen Einvernehmen miteinander experimentieren, aber gerade wegen des bestehenden Verletzungsrisikos durch falsch gesetzte Hiebe ist vorab das Einholen von Informationen sehr sinnvoll. Die Aneignung dieser Kenntnisse stellt damit sicher ein Spezialwissen dar, allerdings sind sie trotz des hohen Stellenwerts der Sexualität im menschlichen Leben in der Regel nicht der alleinige Lebensinhalt eines Spankingfreundes. Aus meiner Sicht sind sie gleichzusetzen mit beispielsweise Sportlern, die in ihrer Sportart das entsprechende Regelwerk beherrschen, aber dennoch andere Dinge in ihrem Leben zulassen. Während Computernerds ihr Hobby zum Beruf gemacht haben und Nerds in anderen Bereichen dies ebenfalls anstreben, sind Spankingfreunde für gewöhnlich, wie der Großteil der Gesellschaft, breiter aufgestellt. Durch die entsprechenden sozialen Kontakte entfällt zudem die Isolation, sodass nur der Schluss übrig bleibt, dass Spankingfreunde im Regelfall keine Nerds sind. Natürlich gibt es von jeder Regel Ausnahmen, aber das gilt für auf alle Zuordnungen und Kategorisierungen.

Die Erkenntnis, dass man den Liebhabern des Spankings nicht die Bezeichnung ‚Nerd' umhänge kann, ergibt sich aber auch noch aus einem anderen Zusammenhang: Wie schon oben dargestellt wurde, sind Nerds die Sonderlinge in einer Gruppe oder eine Minderheit in der Gesellschaft, die von ‚den anderen', also der Mehrheitsgesellschaft, so bezeichnet werden. Nun sind jedoch das Spanking und die verwandten Erotikformen Sadomasochismus, Bondage usw. nicht nur das

Faible einer Minderheit, sondern beliebte sexuelle Spielarten in großen Teilen der Bevölkerung. Die Liebhaber dieser Varianten sind also keine kleine Gruppe innerhalb einer großen Gesellschaft, sondern ein größere Teil ebendieses gesellschaftlichen Ganzen. Angesichts ihrer zahlenmäßigen Größe kann man den Spankingfreunden nun aber nicht mehr den Status einer Minderheit zuweisen, da nur bei einem Praktizieren durch eine Minderheit das Spanking wie auch die verwandten Varianten ‚sonderbar' wirken würden. Praktiziert oder liebäugelt ein nicht unerheblicher Teil der Gesellschaft mit dieser sexuellen Spielart, wäre sie als gesellschaftstauglich einzustufen und ihre Liebhaber ‚normale' Menschen, aber eben keine Nerds. Zwar trauen sich viele nicht, aus Angst vor Repressalien durch Teile der Gesellschaft zu ihrem Faible zu stehen, aber die Ablehnung durch einen Teil der Gesellschaft sorgt lediglich zu einem Verschweigen der Neigung in der Öffentlichkeit, wodurch Kritikern die Möglichkeit entzogen wird, der großen Gruppe der Spankingliebhaber die Bezeichnung ‚Nerd' anheften zu können. Damit kann die Anwendung insoweit ebenfalls nicht erfolgen, und im Falle seiner Verwendung würde die Bezeichnung ‚Nerd' hier, wie vorstehend dargelegt, fälschlicherweise zur Anwendung kommen.

## Anmerkungen

1 Vgl. Wikipedia, Suchbegriff ‚Nerd', zuletzt eingesehen am 06.05.2021.

2 Beispiele für Pseudo-Englisch sind Worte wie ‚Bodybag' für Handtasche (im Englischen die Bezeichnung für Leichensäcke), ‚Public Viewing' für öffentliche Übertragungen auf einer Großleinwand (im Original die Bezeichnung für eine öffentliche Aufbahrung) oder ‚Handy' für Mobiltelefon, das sich nur im Deutschen findet, derweil die eigentliche weltweite Übersetzung ‚Mobile Phone' lautet.

3 Vgl. Wikipedia, Suchbegriff ‚Nerd', zuletzt eingesehen am 06.05.2021.

4 Ebda. Dort findet sich auch ein Quellenhinweis bezüglich des Zitats der ‚Süddeutschen Zeitung'.

5 Zusammenfassung der Ergebnisse mehrerer Gespräche zum Thema ‚Nerd' mit ‚normalen' Menschen.

6 Vgl. Wikipedia, Suchbegriff ‚Nerd', zuletzt eingesehen am 06.05.2021.

## Unterschiede in der Sichtweise

Neulich sah ich einen Maurer bei der Arbeit. Da ich etwas Zeit hatte, schaute ich ihm eine Weile zu. Es war interessant zu sehen, mit welcher Schnelligkeit und Präzision er die Steine übereinander setzte und wie rasch die Mauer in die Höhe wuchs. Ich erinnerte mich an einen eigenen Versuch, der viele Jahre zurücklag. Es war überaus zeitraubend, die Steine in eine waagerechte Position zu bringen. Es gab immer eine Ecke, die etwas hoch stand, und wenn ich sie festklopfte, ging eine andere Ecke in die Höhe. Es dauerte eine gefühlte Stunde, bis ein Stein leidlich eben saß, und eine gefühlte Ewigkeit, bis ein kleines Stück fertig war. So würde ich die Mauer nicht fertig bekommen. Schließlich gab ich auf und ließ einen Fachmann die Arbeit beenden.

Wie ich nun Jahre später am Wege stand und einem Maurer bei der Arbeit zusah, durchfuhr mich ein Gedanke: Ähnelt die Errichtung einer Mauer nicht der Entwicklung unseres Lebenserfahrung? Im Laufe unserer Lebensjahre lernen wir schließlich immer mehr, und jede Erfahrung ist im Grunde wie ein Backstein, den wir unserer Mauer hinzufügen. Die Mauer als Ganzes würde dann unseren Erfahrungen und damit unserem Leben entsprechen. Auch Probleme sind hier wie dort vorhanden, denn nicht immer lässt sich jede Erfahrung in die bestehende Mauer einfügen, und die Versuche, es doch zu schaffen, ähneln den Bemühungen des Maurers beim Erschaffen einer geraden Ebene. Zudem lässt sich manche Er-

fahrung auch nicht in unseren bisherigen Erfahrungshinter-
grund einfügen, und so, ähnlich dem Maurer, dem hin und
wieder ein Stein zerbricht und er ihn wegwirft, lassen wir eine
Erfahrung oder ein Erlebnis unberücksichtig, verdrängen oder
vergessen es.

Ebenso handeln wir, wenn eine neue Erfahrung einer bisherigen Information widerspricht: Während ein Maurer einen
falsch gesetzten oder schadhaften Stein aus einer Mauer entfernt, ersetzen wir eine alte Erfahrung durch eine neue, denn
die bisherige Erkenntnis ist dann nach unserem neuen Empfinden ein falsch gesetzter Stein in unserer Lebensmauer. So,
wie der Maurer den Stein aus der Mauer entfernt und einen
neuen einsetzt, entfernen wir aber auch Gedanken, Dinge
oder auch Menschen aus unserem Leben und ersetzen die
dadurch entstandenen Lücken durch andere Gedanken, andere Freunde oder Lebensgefährten.

Im weiteren Verlauf des Tages ging mir der Gedanke von
der ‚Mauer als Synonym für unser Leben‘ nicht mehr aus dem
Kopf. Als Menschen streben wir fast immer nach Perfektion,
und deshalb ist es uns sehr wichtig, dass in unserem Leben
alles problemlos ist und ‚glatt läuft‘ – also die Mauer glatt und
eben ist. Natürlich gelingt das nicht immer, und entweder tauschen wir einen Stein aus oder wir ärgern uns beständig über
die ‚schlechte Stelle in der Mauer‘. Aber wie passt in ein solches Gedankenkonstrukt die Leidenschaft für Spanking, denn
Erfahrungen macht man meistens unfreiwillig, während das

Ausliefern für eine lustvolle Bestrafung auf rein freiwilliger Basis erfolgt?

Während die Aussicht auf Bestrafung, zudem noch in Form einer körperlichen Züchtigung, auf viele Menschen einen abschreckenden Einfluss hat, beschert dagegen einem Spankingfreund die Aussicht auf einen Povoll wonnige Lustgefühle. Als Grundlage des überwiegenden Teils der Bestrafungen, gleich in welcher Intensität sie ausgeführt werden, dient ein selbst definiertes Fehlverhalten. Es wird also ein Verstoß gegen eine Regel, also das Einfügen eines ungenau gesetzten Steines in die Mauer, vorausgesetzt. Dieser Stein wird dann mittels Bestrafung entfernt und anschließend durch das für richtig erachtete Verhalten ersetzt. Damit durchbricht das Spanking mit dem absichtlichen Fehlverhalten den im ‚normalen Leben' vorherrschenden Drang nach Perfektion. Wenn dieser Grundgedanke richtig sein sollte, müsste er jedoch sowohl auf das erotische als auch auf das Strafspanking zutreffen, also auf die beiden großen Varianten.

Betrachtet man das erotische Spanking, scheint die Herangehensweise vergleichsweise einfach zu sein: Es genügt ein leichtes Fehlverhalten, um die erwünschte Bestrafung zu erhalten, die als Beginn des Auslebens der Lust dient. Dabei kann das Fehlverhalten absichtlich, also vorsätzlich herbeigeführt werden, um in den Genuss der Bestrafung als Teil der Lusterfüllung zu kommen. Damit dienen Fehlverhalten und Bestrafung ausschließlich dem Lustgewinn, weshalb bereits eine Kleinigkeit zum Anlass für einen Povoll genommen werden kann. Angesichts des Ausreichens einer Kleinigkeit für die Zielerreichung bedarf es, um beim Vergleich mit der Mauer zu bleiben, wohl eher eines falsch gesetzten Kieselsteins denn eines Backsteines in der Mauer.

Anders sieht es wohl beim Strafspanking aus, bei dem eine strenge Züchtigung das Ziel ist. Zwar würde auch hier eine Kleinigkeit als Anlass für eine Bestrafung genügen, aber angesichts des Grundsatzes der Verhältnismäßigkeit, der aus Gründen der Authentizität berücksichtigt werden sollte, müsste der Grund schon etwas gewichtiger sein. Es sollte also im Gegensatz zum erotischen Spanking schon ein Backstein falsch gesetzt worden sein, um einen ordentlichen Povoll zu verdienen. Das ist gar nicht so schwer, denn manchmal unterlaufen uns tatsächlich solche Fehler, etwa wenn Schlendrian in unser (Berufs-)Leben Einzug hält und uns der Rohrstock wieder an die Pflichterfüllung und Leistungserbringung erinnern muss. Trotzdem reichen die ‚echten' Fehler nicht immer aus, um den Wunsch nach einer Bestrafung zu begründen, denn auch beim Strafspanking geht es letztlich um Lusterfüllung, wenngleich mit ersterem Hintergrund als beim erotischen Spanking. Aber da auch Strafspanker hin und wieder einen ordentlichen Povoll brauchen, erfinden sie bei Abwesenheit von ‚echten' Gründen gegebenenfalls eben ‚unechte' Gründe, das heißt sie begehen absichtlich einen Fehler, um die ersehnte Bestrafung herbeizuführen. Natürlich handelt es sich dabei nicht um ernsthafte Fehler, die sich nicht mehr korrigieren lassen, aber doch um solche, die offensichtlich sind und geradezu nach einer Bestrafung schreien. Dass diese Bestrafung dann zugleich die Erfüllung ihrer Lust ist, ist Normalität im Leben eines Strafspankers, der für seine Lustentfaltung eben eine etwas härtere Züchtigung braucht.

An diesem Punkt meiner Betrachtung erkannte ich zunächst, dass im normalen Leben eines jeden von uns falsch gemauerte Steine zur ‚Lebensmauer' gehören wie die Luft zum Atmen. Nicht umsonst heißt ein Sprichwort ‚Aus Fehlern lernen', denn Fehler gehören halt zum Leben dazu und sind etwas vollkommen Normales. Auch ‚kleine' Regelverstöße oder angebliche ‚Kavaliersdelikte' gehören zur Kategorie der Fehler, wie beispielsweise die Vielzahl von Verstößen gegen die Geschwindigkeitsbegrenzungen zeigen. Während aber viele Menschen Fehler oder zumindest folgenreiche Fehler zu vermeiden oder, falls das nicht möglich sein sollte, mit einem Fehler abzufinden und ihn in der Mauer ihres Lebens zu ignorieren versuchen, sind die Freunde des Spankings anders: Für sie sind Fehler nicht lediglich das Produkt einer momentanen Unachtsamkeit oder eines Regelverstoßes zur Erzielung eines Vorteils, sondern gleichzeitig die Möglichkeit zur Herbeiführung einer lustvollen Bestrafung in individueller Intensität. Während für viele ‚normale' Menschen Fehler also einfach nur ärgerlich sind, haben Anhänger des Spankings eine überaus positive Verwendung für sie. Damit kehren sie die in der Gesellschaft vorherrschende rein negative Sicht auf Fehler und Regelverstöße in eine positive Betrachtungsweise um und gewinnen schöne Momente. Natürlich gelingt diese Transformation nur dann, wenn die Fehler nicht existenzbedrohend sind beziehungsweise es sich bei den Regelverstößen nicht um Straftaten handelt. Aber das sollte sich von selbst verstehen und keiner ausdrücklichen Erwähnung bedürfen.

Am Ende meines Gedankenganges bleibt mir die Erkenntnis, dass die Anhänger des Spanking eine andere Einstellung zu Fehlern als ‚normale Menschen' pflegen und sich nicht ausschließlich über sie ärgern. Vielmehr nutzen sie vermeintliches oder tatsächliches Fehlverhalten zur Lustgewinnung. Wo für andere Menschen nur Aufregung herrscht, spüren Spankingfreunde die prickelnde Erwartung auf das Kommende, nämlich das Pfeifen eines Rohrstockes oder das Geräusch eines anderen Strafinstrumentes. So haben Menschen unterschiedliche Sichtweisen auf die Dinge des Alltags. Ob Spankingfreunde damit die glücklicheren Menschen sind, kann vermutet, aber nicht bewiesen werden. Vielleicht gibt demnächst eine andere Alltagshandlung den Anstoß für eine diesbezügliche Betrachtung.

## Austausch - virtuell oder doch lieber real?

Seit dem rasanten Siegeszug des Internets sind dessen Inhalte immer vielfältiger geworden. Davon betroffen ist auch der Bereich des Spankings, zu dem es heute viele Seiten gibt. Manche davon laden zu Gesprächen und Diskussionen ein, andere ziehen Menschen wegen der dort verfügbaren Filme und Texte an, wiederum bei anderen ist es eine Mischung von allem. Gemeinsam ist allen Seiten zum Thema Spanking, dass die Kontakte zwischen den jeweiligen Mitgliedern der Internetforen virtuell ablaufen, wobei sich aus diesen Kontakten gelegentlich auch reale Treffen entwickeln können. Dennoch ist der Ablauf des überwiegenden Teils der Aktivitäten rein virtuell. Das lässt sich zum einen mit den oftmals großen Entfernungen zwischen den realen Wohnorten der einzelnen Personen erklären, die ein reales Treffen und einen entsprechenden Austausch von Angesicht zu Angesicht verhindern, zum anderen bietet das Internet durch die Verwendung von Nicknames ein gewisses Maß an Schutz vor einem ungewollten Outing im Falle eines Streites.

Wenn man in die Weiten einer oder gar mehrerer Spankingseiten eintaucht und die dortigen Angebote annehmen will, kann man sich schnell in der Fülle von Diskussionen in Foren, Gesprächen in Chats oder dem Betrachten der sonstigen Inhalte wie Filmen, Geschichten, Bilder, Fotos usw. verlieren. Selbst wenn man sich auf bestimmte Inhalte zu beschränken versucht, ist das Informationsangebot immer noch immens.

Das hat zur Folge, dass man letztlich viel Zeit im Internet verbringen und dort geradezu eintauchen kann in die virtuelle Welt des Spankings. Alternativ könnte man sich fest vornehmen, nur eine bestimmte Zeit am Tage auf den Spankingseiten zu verbringen, aber erfahrungsgemäß verfliegt die Zeit wie im Handumdrehen, sodass man dann oftmals doch viel mehr Zeit als geplant in der virtuellen Welt verbringt. Das hat natürlich die logische Folge, dass für das reale Ausleben der Spankingleidenschaft angesichts der Begrenzung eines Tages auf vierundzwanzig Stunden, von denen ein Teil für anderweitige Verpflichtungen benötigt wird, nicht mehr so viel Zeit zur Verfügung steht.

In Bezug auf das Faible Spanking ist der Aufenthalt in der virtuellen Welt allerdings fast schon eine Notwendigkeit, wenn man den Austausch mit Gleichgesinnten sucht. Dass entsprechende Gespräche und Fachsimpeleien überaus hilfreich und in Bezug auf das Faible von jedem einzelnen belebend sein können, ist sicher unwidersprochen, und auch für das Kennen lernen und Schließen von Freundschaften ist das Internet hilfreich. Manche Liebhaber des Spankings, die Spankos, leben ihr Faible auch virtuell aus, vornehmlich dann, wenn die Entfernung zwischen ihren Wohnorten ein reales Treffen erschwert. Angesichts der vielfältigen Möglichkeiten und der virtuell zahlreich anzutreffenden Gleichgesinnten wird der Aufenthalt im Internet daher länger, je mehr man sich einbringt und zum Teil der virtuellen Gemeinschaft wird. Diese Folge ist nur zu verständlich, denn im realen Umfeld gibt es oftmals kaum Menschen, mit denen man sich offen über sein Faible austauschen kann. Zwar zeigen Untersuchungen, dass nicht wenige Menschen vom Spanking oder den verwandten Formen Bondage und Sadomasochismus (BDSM) angetan sind, aber offen darüber sprechen will kaum jemand, was das Finden von adäquaten Gesprächspartnern in der realen Welt erschwert. Auf den Spankingseiten findet sich dagegen problemlos eine Vielzahl von Aktiven, Passiven oder Switchern, die sich über einen neuen Kontakt freuen. Dadurch ist virtuell nicht nur ein Austausch mit mehr Menschen als real möglich, sondern es werden bei den Gesprächen und sonstigen Angeboten zudem alle Sichtweisen des Spankings einbezogen. Das Ergebnis sind vielfältige Informationen und Anregungen, die sich nur durch einen Austausch zwischen Menschen ergeben und nicht durch Bücher angelesen werden können. Allerdings birgt diese virtuelle Vielfalt die Gefahr, dass man immer mehr Zeit im Internet verbringt und nicht selten zu dessen Gunsten die Aktivitäten in der realen Welt zurückfährt. Damit besteht die große Gefahr, dass die virtuelle Welt ab einem bestimmten Punkt die reale Welt verdrängt und an deren Stelle tritt. Da es sich hierbei um einen schleichenden Prozess handelt, vollzieht er sich oftmals für den Internetnutzer unbemerkt, so dass die meisten von ihnen diese Entwicklung erst bemerken, wenn sie bereits in der Virtualität festsitzen. Manch einer bemerkt es sogar nie. Wirklich bewusst wird einem der Stellenwert der virtuellen Welt eigentlich erst dann, wenn der

Weg dorthin aus irgendeinem Grund versperrt ist und man sich unerwartet in der Realität wieder findet.

Da die virtuelle Welt des Internets so viele Vorteile gegenüber einem realen Gespräch bietet und zudem manche Spankos ihr Faible in Internetforen oder in virtuellen Spankingsitzungen ausleben, könnte man meinen, dass die Bedeutung und der Stellenwert der realen Wert relativ niedrig anzusetzen sind. Doch können virtuelle Treffen tatsächlich die realen Begegnungen ersetzen oder täuscht der Schein der virtuellen Welt, wird sie vielleicht sogar überschätzt? Lassen wir uns zu sehr von der Virtualität vereinnahmen?

Nach Wikipedia ist Virtualität die Eigenschaft einer Sache, nicht in der Form zu existieren, in der sie zu existieren scheint, aber in ihrem Wesen, ihrer Funktionalität oder in ihrer Wirkung einer in dieser Form tatsächlich existierenden Sache zu gleichen. Tatsächlich gibt es reale Spankingsitzungen ebenso wie reale Gespräche zu diesem Thema, während die virtuelle Welt zwar die Eigenschaften des Faibles aufgreift, ohne dass man sich aber seiner tatsächlichen Existenz sicher sein kann. Tatsächlich hört man viel von ‚Fakes' und ‚Trollen', also Menschen, die sich auf Spankingseiten oder in entsprechenden Foren als Personen ausgeben, die sie nicht sind, oder sich Eigenschaften und Lieblingsaktivitäten zuschreiben, die sie als reale Personen nicht haben. Nun ist sicher die überwältigend große Zahl von Besuchern der virtuellen Spankingwelt offen und ehrlich in Bezug auf die Angaben zur Person (z.B. Alter, Geschlecht usw.) oder Neigung (z.B. Top/Aktiver, Bottom/Passiver, Switcher, Lieblingsinstrument usw.), aber eben nicht alle. Deshalb sollte jeder Nutzer hinterfragen, ob sein Gesprächspartner wirklich das ist, was er zu sein vorgibt. Die Folge ist ein bei neuen Bekanntschaften anfangs unterschwellig vorhandenes Misstrauen, das erst mit fortschreitender Dauer der Bekanntschaft abebben dürfte.

Zudem legt man in der virtuellen Welt sein Innerstes offen und gibt viele Dinge von sich preis. Da das Spanking eine erotische Spielart ist, offenbart man demzufolge vor allem intime Details über sich, die persönliche Situation und über seine Vorlieben. Wenn diese Inhalte von Gleichgesinnten aufgegriffen werden, ergeben sich viele interessante Gespräche, die wiederum zu Gefühlen wie Freude, Ablehnung, Lust und vielem mehr führen. Gerade weil man all das auf Grund fehlender Gesprächspartner in der realen Welt oftmals schmerzlich vermisst, genießt man die Fülle des virtuellen Austausches. Dieses Wohlgefühl verleitet uns aber sehr leicht, immer wieder, immer öfter und immer länger in die virtuelle Welt einzutauchen, um sich mit Gleichgesinnten auszutauschen oder auch um zu flirten. Allerdings räumen damit die Nutzer der virtuellen Welt dieser immer mehr die Macht über ihr Denken, Fühlen und Handeln ein. Die virtuellen Gesprächspartner, Freunde, Gegner und Liebschaften bestimmen damit immer intensiver das Leben des Internetnutzers, mehr als die realen Bekanntschaften am Arbeitsplatz, in der Nachbarschaft oder im Vereinsleben. Treten in der realen Welt dann auch noch Probleme im privaten oder beruflichen Umfeld auf, ist die

Flucht in die virtuelle Welt sehr verlockend, weil man sich dort trotz eventuell vorhandener Gegner verstanden und mit seinem Faible angenommen fühlt. Immerhin kann man sich virtuell mit anderen Personen unter Nickname austauschen, ja sogar Wünsche und Träume in der Fantasie ausleben, was in realen Gesprächen mangels Gesprächspartnern nur selten möglich ist – das tut als Ablenkung von den realen Alltagsproblemen gut, auch wenn sich in der virtuellen Welt immer Leute finden, mit denen man sich nicht so gut versteht, mit denen teilweise auch Animositäten bis hin zu einer Gegnerschaft entstehen können, aber das scheint zum menschlichen Naturell dazuzugehören. Gerade durch ein solches Verhältnis entsteht jedoch oftmals der Reiz, diesen Personen Paroli zu bieten. Das wiederum erfordert regelmäßige Besuche der entsprechenden Internetseite, sodass der Faktor Zeit weiter an Gewicht gewinnt. Ganz nebenbei lässt man sich zudem nicht selten dazu hinreißen, in Kontroversen mehr über sich selber zu verraten als man eigentlich gewollt hat. Während man sich aber in der virtuellen Welt aufhält und durch die Inhalte einer Spankingseite surft, um sein soziales Leben dort auszuleben, vergeht die reale Zeit weiter und die dortigen Chancen bleiben ungenutzt und/oder die Probleme ungelöst. Letztlich verschlimmert sich dadurch die reale Situation immer mehr. Dabei stellt sich eigentlich immer die Frage, ob es wirklich wichtig ist, was eine virtuell auftretende Person X auf meinen Beitrag antwortet oder wie eine virtuelle Person Y meine Beiträge bewertet. Für gewöhnlich kann man nicht wissen, ob die anderen Teilnehmer wirklich so sind, wie sie sich geben, oder ob sie sich mit einer anderen Persönlichkeit in eine Fantasiewelt begeben haben, aus der heraus sie dann in den entsprechenden Foren einer Spankingseite agieren. Es fehlt oftmals ein bestätigtes Hintergrundwissen zu den Gesprächsteilnehmern, dazu fehlen Mimik und Gestik, die das gesprochene Wort begleiten und an denen man mit etwas Geschick und Wissen erkennen kann, ob die Worte ehrlich, geflunkert oder gar gelogen sind. All das kann nur ein reales Treffen mit einem persönlichen Gespräch liefern, sodass die Authentizität für gewöhnlich auch nur bei realen Treffen und nicht bei virtuellen Zusammenkünften festgestellt werden kann. In der virtuellen Welt basiert dagegen vieles auf blindem Vertrauen.

Natürlich muss man es der virtuellen Welt hoch anrechnen, dass sie die Anzahl potentieller Gesprächspartner enorm erhöht und man sich mit Leuten austauschen kann, denen man schon alleine auf Grund der Entfernung anderenfalls nie begegnet wäre. Allerdings steht demgegenüber die Gefahr der zunehmenden Vereinnahmung durch das Internet oder den darin agierenden Personen, die nicht selten zu Lasten der Realität geht. Darum ist es sicher ratsam, sich immer wieder zu fragen, ob die virtuellen Erlebnisse und Ergebnisse für die eigenen Wünsche und Träume zielführend oder eher ein Selbstzweck sind. Im Grunde wäre das Optimum wohl eine Symbiose zwischen realer und virtueller Welt, das heißt man nimmt aus der Virtualität Argumente und Anregungen auf, die man nach positiver Prüfung, ob sie zur eigenen Persönlichkeit passen, in die Realität einspeist und dort mit einem realen Gesprächspartner unter Einbeziehung von Gestik und Mimik diskutieren oder real innerhalb des eigenen Spankingspiels umsetzen kann. Das würde allerdings das Vorhandensein eines realen Gesprächs- oder Spielpartners voraussetzen.

Das Wachsen und Bestehen von Vertrauen in virtuell agierende Personen dürfte wohl umso leichter fallen, je mehr man von den virtuellen Gesprächspartnern weiß. Sofern man Vertrauen in die Richtigkeit von deren Angaben haben kann, werden diese Personen in gewisser Weise zu einem Bestandteil des eigenen realen Lebens gleich einer Brieffreundschaft mit einem weit entfernt lebenden Freund. Im Gegensatz zu Brieffreundschaften mit ihrem dem eigenen Erleben verschlossenen breiten Umfeld und der dadurch erschwerten Beschreibung von Rahmenbedingungen haben virtuelle Bekanntschaften im Bereich des Spankings die Eigenschaft, sich in einem für den Nutzer wohlbekannten Rahmen zu bewegen, was der Tiefe der Gespräche förderlich sein kann. Dadurch besteht dann aber natürlich die Gefahr, dass man sich noch mehr in die virtuellen Ereignisse hineinziehen und in gewisser Weise von seinem Gesprächspartner vereinnahmen lässt. Allerdings kann nicht geleugnet werden, dass aus virtuellen Freundschaften auch reale Freunde werden können, wenngleich die Entfernung dann das zu lösende Problem wäre. Allerdings würde sich bei einer Entwicklung von einer virtuellen hin zu einer realen Freundschaft auch die reale Welt des einen dem jeweils anderen teilweise öffnen, sodass auf diese Weise auch

Themen außerhalb des Spankings Einzug in die Gespräche halten würden. Zwar hat die virtuelle Welt den Vorteil, dass man sich im Schutze der Anonymität oder eines Nicknames ohne Scham zu einem erotischen Thema äußern und seine Wünsche und Träume offen und ehrlich aussprechen kann, aber der Reiz des realen Erlebens ist dabei nicht zu finden. Diesen gibt es nur in der Realität, sodass viele Empfindungen eines realen Povolls verloren gehen. Deshalb sollte man sich nicht im virtuellen Universum verlieren, sondern immer wieder in die Realität zurückkehren, dort sein Faible ausleben und diesem Erleben einen hohen Stellenwert einräumen. Die Virtualität kann das Erlebte begleiten, aufarbeiten und zu verbessern helfen, wodurch es eine gute Ergänzung der Realität wäre. Daher sollte man mit Blick auf das Spanking das Hauptaugenmerk auf reale Erlebnisse richten und sich nicht in den Bann der virtuellen Welt ziehen lassen. Anderenfalls kann man schnell darin versinken und so manches schöne Erlebnis versäumen. Das wäre wirklich schade.

## Zur Schmerz(un)empfindlichkeit beim Spanking

Jeder Mensch ist anders als seine Mitmenschen. Das gilt nicht nur für sichtbare Merkmale wie beispielsweise Körpergröße, Haarfarbe u.a., sondern auch für unsichtbare Eigenschaften wie Vorlieben, Empfindungen usw. Die Fülle an Unterschieden, Vorlieben und vielem mehr macht das Leben vielfältig und eine Gesellschaft zu einem bunten Kaleidoskop.

Diese Gedanken gelten auch für die Freunde des Spankings, nur dass bei ihnen noch Unterschiede bei der Gestaltung des Spanking hinzukommen. Abgesehen von den mannigfachen Vorlieben für die einzelnen Schlaginstrumente, Interessen an Stellungen, Anzahl der Hiebe usw. gibt es auch Unterschiede im Schmerzempfinden. Während manche Freunde des Spanking leichte Klapse bevorzugen, wünschen sich andere feste Schläge und so mancher bevorzugt richtig harte Prügel, sei es hinsichtlich der Stärke der Hiebe, der Anzahl der zu empfangenden Streiche oder eine Kombination von beidem. Gemeinsam ist allen Passiven der Gedanke an den Schmerz, wenngleich aus unterschiedlicher Intention: Während ihn die einen fürchten, sehnen ihn andere geradezu herbei. Dies geschieht in Abhängigkeit von der jeweiligen Neigung, also ob man ein erotisches Spanking oder ein Strafspanking wünscht. Dabei ist es immer wieder erstaunlich, wie viele feste Schläge manche Menschen aushalten können, während andere schon bei der leisesten Berührung aufstöhnen. Offensichtlich gibt es auch bei der Schmerzwahrnehmung unterschiedliche Ausprägun-

gen, wie es sie beispielsweise auch bezüglich der Körpergröße gibt.

Für die unterschiedliche Wahrnehmung ist das Schmerzempfinden verantwortlich. Dabei gibt es im Wesentlichen drei Aspekte:

- Tatsächlich gibt es Menschen, die eine angeborene
  Schmerzunempfindlichkeit haben. Diese Leute empfinden von Geburt an weniger Schmerz als ihre Mitmenschen.[1]

- Der zweite Aspekt ist die antrainierte Schmerzunempfindlichkeit. Dabei nimmt eine Person den Schmerz
  zwar wahr, aber er ist für sie nicht von Bedeutung. Als
  Ursache für die Empfindungslosigkeit kommen hier
  Methoden wie beispielsweise Hypnose, Training, Me-
  ditation, Konzentration usw. in Betracht.[2]

- Schließlich gibt es noch die antrainierte physische
  Schmerzunempfindlichkeit: Werden in einem Körper-
  teil durch ständige Verletzungen wie beispielsweise
  durch Schläge die Nervenenden geschädigt, wird wenig bis kein Schmerz übermittelt. Gerade bei Kampf-
  sportlern gehört eine entsprechende ‚Abhärtung' daher zum Trainingsalltag dazu.[3]

Nun sind Schmerzen an sich nichts Schlimmes, sondern
Alarmsignale des Körpers. Wenn sie berücksichtigt werden,
wird der Betroffene alles tun, um weitere Schmerzen zu vermeiden. Sie signalisieren daher eine drohende Überlastung
des Körpers, was bei Beibehaltung des Schmerzes zu einer

Schädigung von Organen oder angesichts des von den Schmerzen erzeugten Stresses zu körperlichen Überreaktionen wie rasant gestiegenem Blutdruck und anderen negativen Begleiterscheinungen führen kann.

Für Freunde des Spankings sind Schmerzen janusköpfig: Während sie einerseits den Schmerz in einer individuell angepassten Dosierung erleiden wollen, um aus diesem positiv angesehenen Schmerzempfinden Lustgefühle entwickeln zu können, müssen sie auch auf das negative Empfinden achten, um körperliche Schädigungen zu vermeiden. Eine antrainierte Schmerzunempfindlichkeit wäre zwar denkbar, allerdings würde dann auch das Lustgefühl ganz oder zumindest weitestgehend abhanden kommen, da der von den Hieben verursachte Schmerz ja nur in seiner positiven Wahrnehmung Freude und Lust bereiten kann. Die Grenze zwischen gewünschtem (angenehmem) und unerwünschtem (unangenehmem) Schmerzempfinden ist jedoch fließend und kann selbst als grobe Skizzierung nur bedingt verlässlich gezogen werden. Der Grund hierfür ist die Abhängigkeit der Schmerzempfindlichkeit von verschiedenen und jeder für sich leicht veränderbaren Faktoren wie beispielsweise das Wohlgefühl (abhängig von zuvor empfundener Freude, Stress, Trauer usw.), der Gemütszustand angesichts des bevorstehenden Spanking (z.B. Ruhe, Aufgeregtheit u. ä.), körperliche Verfassung (z.B. aufziehende Erkältung, Hitze, Kälte usw.). Die jeweils aktuelle Grenze muss individuell bestimmt werden, wobei hier insbesondere der passive Part gefordert ist, eine drohende Grenzüberschreitung und damit Überlastung rechtzeitig anzuzeigen. Aber auch der aktive Part muss die Reaktionen von Sub genau beobachten, um ein Verschweigen des Erreichens der Schmerzgrenze durch diesen erkennen und darauf reagieren zu können.

Problematisch sind jedoch die Möglichkeiten zum bewussten oder unbewussten Aushebeln der Schmerzgrenze. Dafür gibt es im Wesentlichen zwei Wege:

1. Der erlittene Schmerz während einer Züchtigung steigt zwar mit zunehmender Dauer in Abhängigkeit von der Schlagintensität rasch an, aber diese Entwicklung setzt sich nicht unendlich fort. Die Schmerzentwicklung verläuft also nicht als aufsteigende Kurve, sondern wie eine Parabel. Ab einem gewissen Moment ist der Höhepunkt des Schmerzempfindens erreicht, der zugleich einen Wendepunkt darstellt. Danach wird der Körper zwar noch von Schlägen in gleicher Intensität wie zuvor getroffen und ist dem Risiko gesundheitlicher Schäden weiterhin ausgeliefert, aber der passive Part nimmt den mit den Hieben verbundenen Schmerz nicht mehr bewusst wahr. Sein Körper schaltet offensichtlich zum Selbstschutz für das Gehirn die Empfindungen ab. Möglicherweise greift das Unterbewusstsein auf den oben genannten zweiten Aspekt bei der Wahrnehmung des Schmerzempfindens zurück. Dabei könnte das menschliche Stresshormon Adrenalin eine Rolle spielen. Dieses bereitet den Körper auf einen tödlichen Kampf vor Es beschleunigt u.a. den

Herzschlag und konzentriert das Blut in Körperkern und im Gehirn, während es im Gegenzug alle Gefäße in der Peripherie verengt und das Blut von dort abzieht. Hintergrund ist, dass der Körper mit einer Verletzung rechnet und sich vor schnellem Verbluten schützen will.[4]

2. Die zweite Möglichkeit zum Ausheben der Schmerzgrenze besteht im Verlernen des Schmerzes und dürfte mit dem oben genannten dritten Aspekt der Schmerzwahrnehmung korrespondieren. Wie bei der Sensibilisierung können auch durch Desensibilisierung Lerneffekte erzeugt werden, die allerdings eine andere Wirkung haben. Durch De-Sensibilisierung kann ein Gewöhnungseffekt erzeugt werden, durch den Schmerz verlernt werden kann.[5] Unterzieht sich also jemand einem häufigen Spanking, kann sich der Körper an dessen Folgen gewöhnen und eine Schmerzunempfindlichkeit entwickeln. Wie schnell diese De-Sensibilisierung vonstatten geht, ist nicht vorhersagbar, aber sicher individuell verschieden. Da jedoch der Schmerz das eigentliche Ziel beim Spanking ist, wird der passive Part nach mehr und/oder kräftigeren Schlägen verlangen.

Das Erreichen des Wendepunktes auf der Schmerzkurve sollte von verantwortungsbewussten Spankern und Spankees vermieden werden, da die Grenze von harmlosem (lustspendendem) und gefährlichem (gesundheitsschädlichem) Spanking schnell bewusst oder unbemerkt überschritten werden kann. Schmerz ist per se etwas Gutes, weil es den Körper vor Überlastung und negativen Einflüssen wie zum Beispiel schweren Verletzungen schützen soll. Ein leichtfertiger Umgang mit der eigenen Gesundheit (passiver Part) oder der Gesundheit eines anderen (aktiver Part) verbietet daher das Verantwortungsbewusstsein, das neben dem Vertrauen immer als Wesensmerkmal von Freunden des Spanking angeführt wird.

Die De-Sensibilisierung dürfte hingegen nur schwer erkennbar sein, weil es sich dabei allem Anschein nach um einen schleichenden Prozess handelt. Daher ist das Wissen um die Existenz eines solchen Vorganges wichtig, um die Schmerzempfindlichkeit eines Spankees immer wieder neu einschätzen und damit als aktiver Part seine diesbezügliche Verantwortung wahrnehmen zu können. Lustschmerz ist zwar etwas Schönes, aber angesichts der eigentlichen Funktion des Schmerzes für den menschlichen Körper auch etwas Risikobehaftetes. Nur wenn man die Facetten des Schmerzes und die möglichen Ursachen für (ganz oder zunehmende) Schmerzunempfindlichkeit kennt, kann man das Spanking etwas beruhigter genießen – und diesen Genuss wollen wir uns ja schließlich bewahren.

## Anmerkungen

1 Vgl. Internetveröffentlichung unter www.kampfkunst-board.info/forum/fl5/schmerzunempfindlichkeit-20509/, zuletzt eingesehen am 16.06.2009.

2 Vgl. Internetveröffentlichung unter www.kampfkunst-board.info/forum/fl5/schmerzunempfindlichkeit-20509/, zuletzt eingesehen am 16.06.2009.

3 Vgl. Internetveröffentlichung unter www.kampfkunst-board.info/forum/fl5/schmerzunempfindlichkeit-20509/, zuletzt eingesehen am 16.06.2009.

4 Vgl. Internetveröffentlichung unter www.kampfkunst-board.info/forum/fl5/schmerzunempfindlichkeit-20509/, zuletzt eingesehen am 16.06.2009.

5 Vgl. www.scinnex.de/inc/artikel_drucken.php?id=5487&a_flag=1, zuletzt eingesehen am 16. Juni 2009.

## Selbstzüchtigung als Alternative?

Wohl im Leben eines jeden Spankees wird es mal eine Zeit geben, in der man sich mit seinem Faible alleine auf weiter Flur wähnt. Zwar sehnt man sich auch bei solchen Gelegenheiten stets nach Zweisamkeit, um seine Neigung ausleben und auf diese Weise seine Lust befriedigen zu können, aber nicht immer findet sich ein adäquater Partner. Dann ist man mit seinem Faible alleine und fragt sich, wie man diese Zeitspanne bis zum Treffen eines gleichgesinnten Menschen nur überbrücken könnte. Nun könnte man seine Lust in solchen Zeiten unterdrücken und auf bessere Tage hoffen, aber die Gefahr ist groß, dass das sexuelle Bedürfnis dabei immer mehr Besitz von einem ergreift, bis sich das gesamte Denken nur noch um die sexuelle Entspannung dreht. In solchen Zeiten wäre die Lusterfüllung der eigenen Produktivität sicher förderlich, was grundsätzlich durch Selbstbefriedigung schnell erreicht werden könnte. Doch anders als bei einer ‚normalen Handmassage' gehört für einen Spankee mehr zum Ausleben der Lust dazu als der Vorgang des Onanierens bzw. der Masturbation. Gerade weil die Lusterfüllung bei einem Spankee ihren Ursprung in genüsslich platzierten Hieben in vorher abgesprochener Intensität hat, stehen die entsprechenden Schmerzen sowohl am Anfang einer Sitzung als auch am Anfang des Denkens. Aber wie soll die praktische Umsetzung erfolgen, wenn gerade ein aktiver Part, also ein Top oder Spanker, fehlt?

Abhilfe könnte hier vielleicht die Selbstzüchtigung schaffen. Aus alten Quellen kennt man ja bereits die Selbstkasteiung, die gewöhnlich aus religiösen Gründen praktiziert worden ist. Damit unterscheidet sie sich zwar hinsichtlich ihrer Begründung von einer Selbstzüchtigung im Bereich des Spankings, weil letzteres nichts mit Religion oder Metaphysik zu tun hat. Vielmehr handelt es sich hierbei um eine erotische Spielart, bei der die Schmerzen dem Ausleben des Lustempfindens dienen und rein physischer Natur sind. Damit weisen sie jedoch keinen Bezug zu religiösen oder anderen metaphysischen Gründen auf.

Aber auch wenn die Intentionen für die Praktik der Selbstkasteiung bzw. Selbstzüchtigung vollkommen unterschiedlich sind, so ist hinsichtlich der jeweiligen Durchführung zumindest ansatzweise kein Unterschied zu erkennen: In beiden Fällen setzt man den eigenen Körper Hieben aus, die man selber platziert. Allerdings will ein Büßer bei einer Selbstkasteiung aus metaphysischen Motiven heraus möglichst große Schmerzen erleiden, während beim Spanking die reine Lusterfüllung und damit rein irdische/physische Ziele im Mittelpunkt stehen – und dafür können auch leichte Hiebe ausreichen.

Aber so einfach, wie man sich eine Selbstzüchtigung vorstellen mag, ist es dann doch nicht. Der menschliche Körper hat nämlich einen eingebauten Selbstschutzmechanismus, der verhindern soll, dass man sich selber absichtlich verletzt. Will man sich also in Ermangelung eines Partners selber spanken, muss man diesen Mechanismus ‚überlisten'. Im Falle einer

Selbstkasteiung aus metaphysischen Gründen ist das sicher einfacher, weil dann der Selbstschutz des Körpers mit der Glaubenseinstellung konkurriert, die ein nicht zu unterschätzender Beweggrund sein kann. Natürlich ist auch die Lusterfüllung durch ein Spanking ein motivierender Antrieb, aber im Vergleich mit beispielsweise religiösem Eifer ist er dann doch eher schwach ausgeprägt. Insoweit fällt es der menschlichen Psyche leichter, den Selbstschutz gegen ein Spanking zu aktivieren und aufrechtzuerhalten als gegenüber einem metaphysischen Antrieb.

Zunächst aber muss sich ein Spankee erst einmal dazu entscheiden, eine Selbstzüchtigung vornehmen zu wollen. In gewisser Weise verlässt er damit seine bisherige Rolle als passiver Part und wird zu einer Mischung aus Top und Bottom. Normalerweise werden Menschen, die mal die eine und mal die andere Seite beim Spanking innehaben, Switcher genannt. Diese Bezeichnung trifft hier aber meines Erachtens nicht zu, weil Switcher ihre jeweilige Rolle nacheinander einzunehmen pflegen, während ein Selbstspanker beide Rollen zeitgleich in einer Person vereinigt. Ob nun ein Spankee tatsächlich in die Rolle eines Teil-Tops schlüpfen will, ist nicht immer vorhersagbar, andererseits dürfte die Bereitschaft zunehmen, je mehr die Lust auf ein Spankingerlebnis ansteigt. Inwieweit die Einnahme dieser Doppelfunktion den Wunsch eines Spankee nach einem zukünftigen Leben als aktiver und passiver Part und damit die Einnahme der Rolle eines Switchers zusätzlich befeuern könnte, müsste an anderer Stelle erörtert werden.

Hat sich ein Spankee schließlich vorgenommen, eine Selbstzüchtigung an sich selber vorzunehmen, stellt sich als erstes die Frage nach dem geeigneten Strafinstrument. Einen normalen Rohrstock oder eine Reitgerte zu führen und seine Erziehungsfläche zielgenau zu treffen, ohne gesundheitliche Gefahren durch fehlgegangene Hiebe zu riskieren, ist vor allem bei den ersten Versuchen beinahe unmöglich. Deshalb dürften sich die eigene Hand oder Strafinstrumente mit kurzem Griff wie beispielsweise ein Kochlöffel oder eine Haarbürste am Anfang wohl besser eignen.

Sobald man also die Entscheidung für eine Selbstzüchtigung gefällt und ein für sich handhabbares Instrument gefunden hat, kommt der schwierigste Teil, nämlich die praktische Umsetzung. Dafür muss man zum einen das Strafinstrument sicher und vor allem zielgenau führen können, sowie es zeitgleich schaffen, die Hemmschwelle des körpereigenen Selbstschutzmechanismus zu überwinden. Letzteres kann dazu führen, dass man sich zu sehr auf dessen Überwindung konzentriert und dabei den vorher geplanten Hieb ‚verreißt' und ihn versehentlich an einer anderen Stelle als beabsichtigt platziert. Solange er dennoch im ‚Zielgebiet' der Erziehungsfläche, in der Regel dem Gesäß, landet, sollte es unproblematisch sein. Trifft man jedoch versehentlich eine andere als die geplante Körperstelle, könnte es durchaus unangenehm bis riskant werden. Deshalb muss ein Selbstspanker immer besonders penibel darauf achten, nur die geplante und gesundheit-lich unbedenkliche Körperregion zu treffen. Mit anderen Worten: Er muss jederzeit voll konzentriert bleiben.

Hat man es schließlich geschafft, die körpereigene Hemm-schwelle zu überwinden und mit dem Strafinstrument den ersten Hieb zu landen, wird man neben dem Schmerz das instinktive Streben nach einem Abbruch des Spiels erleben. Dieser Reflex ist Bestandteil der eigenen Hemmschwelle ge-genüber dem eigenen Körper und soll eine Wiederholung der Schmerzzufügung vermeiden. Die Überwindung dieses Refle-xes wird am Anfang sehr mühevoll sein und daher die Über-windung zu einem zweiten Hieb recht schwer fallen. Hat man es aber schließlich geschafft, kann es durchaus sein, dass der zweite Hieb deutlich schwächer als der erste ausfallen wird – auch das als Folge des körpereigenen Selbstschutzes. Man könnte auch meinen, dass einem der eigene Körper in die Hand fällt, um eine Fortsetzung der Selbstzüchtigung zu ver-hindern. In einem solchen Fall empfiehlt sich nach jedem Schlag eine kurze Pause, denn je mehr Schmerz der Körper verarbeitet hat, desto mehr wird sich sein Schutzmechanismus abschwächen, sodass der nächste Hieb nach einer entspre-chend und individuell unterschiedlich langen Pause wieder etwas härter ausfallen kann.

Letztlich ist festzuhalten, dass es nicht ganz so einfach ist, sich selber das Hinterteil zu versohlen. Dennoch ist es mach-bar, und wenn das Bedürfnis nach Hieben sehr groß und die Sehnsucht danach das Lustempfinden enorm angeheizt hat, fällt es sicher leichter, den körpereigenen Schutz zu umgehen. Auch wenn die sexuelle Lust als Motiv nicht ganz so schwerwiegend ist wie metaphysische Gründe, kann jedoch auch sie als Motivation für das Platzieren von Hieben ausreichen. Zudem treten die beschriebenen Probleme gewöhnlich nur bei den ersten Eigensitzungen auf - je öfter man eine Selbstzüchtigung praktiziert hat, desto einfacher wird es im Laufe der Zeit durch eine Art Gewöhnungseffekt. Mit zunehmender Häufigkeit kann man dann bei Bedarf auch die Intensität der Hiebe steigern, wenn es der eigenen Lusterfüllung dienlich sein sollte. Bei entsprechender Sorgfalt sowie entsprechendem Wunsch könnte man auch mit gestiegenem Erfahrungsgrad mit anderen Strafinstrumenten experimentieren – aber selbstverständlich nur unter Einhaltung der entsprechenden Vorsichtsmaßnahmen!

Ab wann eine Selbstzüchtigung als gelungen angesehen werden kann, muss jeder Spankee für sich selber entscheiden. Ausschlaggebend wird sicher der Grad des Lusterlebnisses sein. Dieses unterscheidet sich jedoch deutlich von einer Spankingsitzung mit einem anderen Menschen, weil das Ausleben von sexueller Lust zu zweit einfach viel mehr Spaß bereitet. Zudem können die Hiebe von der zweiten Person mit einer größeren Vielzahl von und hierbei insbesondere länglicheren Strafinstrumenten zielgenauer und möglicherweise auch kräftiger aufgezählt werden, als man selber es zu tun vermöchte. Deshalb ist eine Selbstzüchtigung nicht nur mit mehreren gravierenden Problemen verbunden, sondern auch mit einem geminderten Spaßfaktor. Bei einer Züchtigung durch eine andere Person kann man sich fallen lassen und muss anders als bei der Selbstzüchtigung nicht jederzeit voll konzentriert bleiben. Bevor man nun allerdings ganz unversohlt durch das Leben schreitet, ist es eine gute Übergangslösung bis zum Auffinden eines aktiven Spankers. Zwar könnte man auch auf eines der kommerziellen Angebote zurückkommen und ein solches annehmen, sich also gegen Geld züchtigen lassen. Leider muss man hier aber feststellen, dass bei vielen dieser kommerziellen Anbieter der Geschäftssinn überwiegt, sodass für sie eine rasche ‚Abfertigung' im Vordergrund steht. Dabei bleiben dann gewöhnlich der Spaß und die Lust auf der Strecke, also genau die beiden Faktoren, deretwegen man ein solches Angebot angenommen hat. Natürlich gibt es auch kommerzielle Anbieter, die sich viel Zeit nehmen und intensiv auf die Bedürfnisse ihrer Kunden eingehen, aber leider bewegen sie sich in preislichen Sphären, die eine solche Angebotsannahme deutlich erschweren. Die Selbstzüchtigung ist insoweit also auch eine preiswerte und nicht zwangsläufig schlechtere Option – zumal sich in jedem Haushalt ein Kochlöffel finden lassen sollte. Aber auch eine geeignete Haarbürste oder ein Paddle sind schnell besorgt – und mit etwas Übung kann man sein selbstpraktiziertes Spanking genießen. Aber natürlich nur, wenn man es mit allergrößter Sorgfalt und Vorsicht praktiziert! Das sei abschließend nochmals ausdrücklich betont!

# Führung und Dominanz

Viele Menschen denken bei der Nennung des Begriffs ,Spanking' sofort an eine Beziehung zwischen zwei Personen, die auf dem Prinzip ,Führung und Dominanz' oder, anders ausgedrückt, auf der Unterordnung des einen unter den anderen basiert. Dabei wird von den Betrachtenden der Umstand ausgeblendet, dass es sich beim Spanking um eine erotische Spielart handelt, bei der die Lusterfüllung von beiden Akteuren das angestrebte Ziel darstellt. Im Grunde handelt es sich um ein Rollenspiel, bei dem jeder der Beteiligten die ihm angenehme Rolle einnimmt, die von dem jeweils anderen Part sinnvoll ergänzt wird. Selbstverständlich geschieht alles auf freiwilliger Basis und natürlich kann eine Spankingsitzung jederzeit abgebrochen werden. Außerhalb des sexuellen Rahmens sind die Akteure jedoch ganz normale und gleichberechtigte Menschen, d.h. die so genannte ,Unterordnung' erfolgt lediglich im Rahmen der sexuellen Aktivitäten und auf freiwilliger Basis, also für einen bestimmten Zeitraum zur Erreichung der Lusterfüllung als Ziel.

Während einer Spankingsitzung teilen sich die Akteure also zwei Rollen, nämlich zum einen in die der aktiven Person oder Top sowie in die Funktion des passiven Teilnehmers, auch Sub oder Bottom genannt. Während die aktiven Personen das Spanking ausführen, wird es von den passiven Teilnehmern empfangen. Da es sich um ein Rollenspiel handelt, übernimmt erwartungsgemäß ein Top die Führung des Sub, d.h. er erteilt diesem Anweisungen, die auszuführen sind. Natürlich bewegen sich alle Befehle und sonstigen Aktivitäten innerhalb eines zuvor von den Akteuren gleichberechtigt miteinander abgesprochenen Rahmens. Allerdings kann die anschließend erfolgende Umsetzung bei Außenstehenden durchaus den Eindruck erwecken, dass Sub von der aktiven Person geführt und dominiert wird. Beides wird von den ‚normalen Leuten', den so genannten ‚Vanillas', in diesem Kontext als negativ empfunden, zuweilen sogar als verwerflich und unmoralisch gebrandmarkt. Sie verkennen dabei die Grundlagen einer jeden Spankingbeziehung, die auf Freiwilligkeit, Vertrauen, Verantwortungsbewusstsein und gemeinsamen Absprachen beruht. Was zuweilen, vor allem in Filmen auf entsprechenden Videoplattformen, nicht selten martialisch wirkt, folgt in Wirklichkeit einem genau abgesprochenen Drehbuch und stellt eine Illusion dar, in die sich die Akteure zum Ausleben ihrer sexuellen Lust zurückgezogen haben. Dennoch wird von Außenstehenden nicht selten die in den Filmen gezeigte Führung und Dominanz bzw. Unterordnung und Demut als real eingestuft und schon anhand der verwendeten Begrifflichkeiten negativ bewertet. Gerade in unserer heutigen Zeit, wo von bestimmten Kreisen die Gleichberechtigung aller mit allen als höchstes Ziel verfolgt wird, stoßen Begriffe wie ‚Führung' und ‚Dominanz' auf zum Teil heftige Gegenreaktionen, nicht selten in Unkenntnis über die tatsächlichen Hintergründe. Da die Freunde des Spankings, die so genannten Spankos, diese beiden Begriffe recht häufig verwenden, bieten sie ihren Kritikern natürlich insoweit eine breite Angriffsfläche. Doch warum erfreuen sich die Begriffe ‚Führung' und ‚Dominanz' so großer Beliebtheit sowohl bei den Tops als auch bei den Subs?

Betrachten wir zunächst den Begriff ‚Führung'. Eigentlich hat dieser Ausdruck die Bedeutung ‚leiten', ‚die Richtung bestimmen' oder ‚in Bewegung setzen'. Vor allem in den Sozialwissenschaften bezeichnet dieser Ausdruck planende, koordinierende und kontrollierende Tätigkeiten in Gruppen und Organisationen[1]. Der Zweck von Führung liegt in der Beeinflussung der Einstellungen und des Verhaltens zur Zielerreichung.[2] Anders ausgedrückt bedeutet Führung nicht Herrschaft, sondern stellt die Kunst dar, Menschen dazu zu bringen, für ein gemeinsames Ziel zu arbeiten.[3] Bezogen auf den Bereich des Spankings muss niemand ‚dazu gebracht werden', daran teilzunehmen, weil alle Beteiligten bereits ihre jeweilige Neigung als Top, Sub oder beides (so genannte Switcher) erkannt und angenommen haben. Spanking ist für sie damit ein sexuelles Faible, das sie mit Gleichgesinnten auszuleben wünschen. Die Führung durch die aktive Person besteht daher nicht in der Beeinflussung der Einstellungen, sondern in der planenden und koordinierenden Tätigkeit, die zum Erreichen des gemeinsamen Ziels erforderlich ist. Das gemeinsame Ziel ist dabei stets die sowohl von Top als auch Sub angestrebte sexuelle Lusterfüllung. Gleichwohl obliegt dem aktiven Part zudem die Kontrollfunktion, allerdings nicht im Sinne der von Außenstehenden oftmals vermuteten Gängelung des passiven Parts, sondern als Ausfluss der Verantwortung in Form einer permanenten Beobachtung der Reaktionen, um eine Überforderung frühzeitig erkennen und verhindern zu können. Dieser Aspekt ist gerade innerhalb einer neuen Beziehung geboten, aber auch in einer bereits länger bestehenden Liaison gehört diese Funktion zu den wichtigsten Pflichten eines Top, da die normale Belastbarkeit durch externe Faktoren wie beispielsweise beruflichen Stress gemindert sein könnte.

Da das Spanking ein Rollenspiel ist, bei dem auf erotische Weise mit Über- und Unterordnung gespielt wird, ist die Verwendung des Begriffes ‚Führung' angesichts seines martialischen Beiklangs also Teil der Schaffung einer für Top und Sub gleichermaßen ansprechenden Atmosphäre. Eine definitionsgemäße Umsetzung, wie man sie zum Beispiel aus dem Berufsleben kennt, erfolgt insoweit nicht. Tatsächlich dürfte der Begriff ‚Mentoring' besser geeignet sein, die Rolle des Top zu beschreiben. Ein Mentor ist laut Definition eine auf einem bestimmten Gebiet erfahrene Person, die ihr Wissen an eine noch unerfahrene Person (Mentee) weitergibt. Im Berufsleben unterstützt der Mentor die persönliche oder berufliche Entwicklung seines Mentee und nimmt dazu die Rolle eines Ratgebers oder eines erfahrenen Beraters ein.[4] Das trifft analog auch auf einen Top zu, der entweder eine unerfahrene Sub in die Feinheiten des Spankings einführt und somit sein Wissen an sie weitergibt, damit sie ein Gefühl und ein Gespür für ihre Rolle und damit für ihre Lusterfüllung bekommt. Aber auch auf erfahrene Bottoms trifft diese Funktion des Top zu: Zwar kann er nicht die berufliche oder allgemeine persönliche Entwick-

lung seiner Sub beeinflussen, dafür aber auch hier ihre Lusterfüllung zu neuen Höhen bringen.

Die Voraussetzungen für den Erfolg eines Mentors sind in
jedem Bereich und damit auch analog beim Spanking die Mo-
tivation des Mentee/Sub sowie das Gewinnen von deren Ver-
trauen. Nur wenn beides vorliegt, kann die Unterstützung von
Erfolg gekrönt sein. Für die erotische Spielart des Spankings
bedeutet das, dass die beiderseitige Lusterfüllung neben dem
Vorliegen einer entsprechenden Neigung für dieses Faible im
Wesentlichen von der Verlässlichkeit und dem Vertrauen des
Sub in das Verantwortungsbewusstsein des Top abhängig ist.
Sollten daran irgendwelche Zweifel bestehen, sollte von einem
Ausleben des Spankingwunsches Abstand genommen werden. Nur wenn man sich bei einer Sitzung sicher und gut fühlt,
kann man sich als Sub fallenlassen und das Spanking sowie
die dadurch entstehenden Lustgefühle ausgiebig genießen.
Die passive Person muss daher dem Top vollkommen vertrauen können. Zudem ist es hilfreich, wenn Sub im Rahmen
des Rollenspiels dem aktiven Part Achtung und Respekt ent-
gegenbringt, weil anderenfalls die Atmosphäre beeinträchtigt
und der Rahmen, innerhalb dessen das Spiel stattfindet, be-
schädigt werden könnte. Natürlich kann davon abgewichen
werden, aber das müsste dann zuvor ebenso wie die daraus
resultierenden Folgen vereinbart werden. Mit anderen Worten:
Alles kann geschehen, aber nichts muss passieren. Entscheidend ist, was den beteiligten Akteuren gefällt und worauf sie
zum Zeitpunkt ihrer Spankingaktivität Lust haben. Gerade

wegen des zwingenden Erfordernisses der Absprache und der Zustimmung aller Beteiligten besteht während des Rollenspiels zwar eine ‚Führung' oder besser ein ‚Mentoring' durch den Top gegenüber der Sub, aber bei Einbeziehung der oben dargelegten Hintergründe wird klar, dass es sich um eine nichtautoritäre Führung handelt. Gleichwohl entsteht bei Außenstehenden ein gegenteiliger Eindruck, der hiermit widerlegt sein sollte.

Wenn Vanillas oder andere Außenstehende über das Spanking reden, fällt neben dem Begriff ‚Führung' auch immer das Wort ‚Dominanz'. Ob einzeln oder zusammengenommen wird beides negativ ausgelegt. Für den Begriff ‚Führung' ist dessen tatsächliche Bedeutung für verantwortungsbewusste Spankos bereits erläutert worden, sodass wir uns nun der ‚Dominanz' zuwenden können.

Dominanz liegt nach vorherrschender Definition vor, wenn eine Person meist oder stets das Sagen haben will. Einem solchen Menschen fällt es schwer, in einem Team zu arbeiten oder die Anweisungen anderer zu befolgen.[5] Was auf den ersten Blick wenig sympathisch erscheint, ist im Berufsleben bei Führungskräften eine dagegen gern gewünschte Eigenschaft.[6]

Sowohl durch die Definition als auch durch das Praxisbeispiel wird deutlich, dass es sich bei der Ausgestaltung einer solchen Beziehung um eine Über- und Unterordnung handelt, bei der ein Part entscheidet und der andere ohne große Mitspracherechte gehorchen muss. Zwar wird der Begriff der

Dominanz auch von Spankos gerne gebraucht, aber aufgrund der bereits oben dargestellten Vorgehensweise bei der Planung einer Spankingsitzung wird recht schnell deutlich, dass gegen den Willen von Sub nichts ablaufen kann, da alles auf Freiwilligkeit und gegenseitigem Einvernehmen beruht. Sofern sich ein Top nicht daran halten sollte, würde er gegen das Strafrecht verstoßen und kein Spanko aus Leidenschaft hätte Probleme, einen solchen Top bei der Polizei anzuzeigen. Mit anderen Worten: Auch wenn für Außenstehende die Vorgänge während einer Spankingsitzung martialisch oder hart erscheinen mögen, beruht alles auf dem gegenseitigen Konsens aller Akteure. Jeder passive Part ist bei der planerischen Umsetzung beteiligt und kann sowohl seine Vorstellungen einbringen als auch sein Veto gegen bestimmte Teile des Spiels einlegen. Bei einem solchen Veto verbietet sich die Einbeziehung des entsprechenden Bestandteiles. Insoweit haben Subs bei einer Spankingsitzung weitaus mehr Mitspracherechte als jeder abhängig Beschäftigte an seinem Arbeitsplatz.

In der Beziehung zwischen Top und Sub gibt es also klare Regeln, die auf Konsens beruhen. Diese Regeln sind grundsätzlich unverrückbar, allerdings können sie in gegenseitigem Einverständnis modifiziert werden. Diese Möglichkeit sollte immer gegeben sein, weil sich Interessen, Neigungen oder auch Belastungsgrenzen verschieben können. Eine entsprechende Verschiebung nach vorherigem Ausprobieren würde den Reiz des Rollenspiels erweitern, allerdings darf das nicht gegen den Willen oder ohne die Zustimmung eines Beteiligten erfolgen. Zudem muss genauestens darauf geachtet werden, dass nicht durch eine ‚Hintertür' Tabus gebrochen werden, also einer der Beteiligten unbewusst zu einem ihm unangenehmen Erleben gebracht wird. Das Ziel eines jeden Spankings ist ja das gegenseitige Geschenk der vollen Hingabe mit dem Ziel der Lusterfüllung von allen Beteiligten.

Zudem darf ein wichtiger Aspekt nicht übersehen werden: Top und Sub befinden sich beim Spanking in einer erotischen Beziehung. Diese kann auf einer tatsächlich bestehenden Paarbindung wie beispielsweise der Ehe bestehen, aber auch als reine Spielbeziehung existieren, bei der die beiden Akteure ähnlich einem Seitensprung von Vanillas ihr Faible ausleben wollen. Unabhängig von der Art ihrer Beziehung steht jedoch fest, dass es in jedem Fall eine erotische Beziehung gibt, die irgendwann ihren Anfang genommen haben muss. Anders ausgedrückt: Die beiden Personen müssen sich kennen gelernt und aneinander nicht nur Gefallen gefunden, sondern zueinander auch ein großes Vertrauen aufgebaut haben. Ohne diese Voraussetzungen hätte Sub sicher nicht die entsprechende Person zu ihrem Top erkoren. Der aktive Part muss dem passiven Part also zuvor mit Respekt, Achtung, Wertschätzung und Aufmerksamkeit begegnet sein, also genau jenen Voraussetzungen, die wohl bei jeder Partnerwahl ausschlaggebend sind. Erst wenn Sub all diese Faktoren positiv bewertet oder als gegeben ansieht, kann von ihr die Bereitschaft zur freiwilligen Hingabe für ein Spanking erhofft werden. Neben einer gewissen Achtung muss sie dem Top ganz besonders das Vertrauen schenken, weil der passive Part sich nur dann auf eine Spankingsitzung einlassen und diese zudem in vollen Zügen genießen kann.

Genau wie in einer Beziehung besteht jedes Spanking aus einem Geben und Nehmen, nur handelt es sich hier eben weniger um Streicheleinheiten und Küsse, welche die Akteure miteinander austauschen, sondern um Hiebe, die ein Part gibt und der andere empfängt. Diese Handlungen erfolgen, weil sie dem jeweiligen Faible entsprechen und sich die Akteure durch diese Gegensätzlichkeit ergänzen und das Spanking zu einer Einheit verschmelzen lassen. Die Handlungen laufen ab, weil beide Seiten es so wollen und miteinander vereinbart haben. Letztlich dreht sich also alles um eine ganz spezielle Ausdrucksweise von Vertrauen, Zuwendung, Geborgenheit und Aufmerksamkeit – und sicher bei Sub auch etwas Stolz, nämlich der Stolz über das Aushalten der Hiebe, wobei deren Intensität zwar im Vorfeld festgelegt wird, aber vom Top dennoch die Hemmschwelle der Umsetzung überschritten und vom Sub die natürliche Angst überwunden werden müssen. Auf Seiten des Top zeigt sich in der verantwortungsbewussten Umsetzung die Wertschätzung, die er für Sub empfindet. Umgekehrt signalisiert Sub mit der Hingabe ihr Vertrauen.

Mit den vorstehenden Ausführungen wird sicher bereits deutlich, dass im Zusammenhang mit Spanking zwar viel von Über- und Unterordnung sowie von einer Dominanz der Tops gegenüber den Subs die Rede ist, aber eine echte dominante Beziehung tatsächlich nicht besteht. Es ist vielmehr das Ausleben eines erotischen Bedürfnisses mit einer gleich gesinnten Person, wobei die Realisierung auf beiden Seiten ebensoviel Freiheit wie Eigenverantwortung beinhaltet. Die Begründung liegt auf der Hand: Dominante Personen wollen immer bestimmen und dulden weder Mitspracherechte noch Widerworte, sodass ihr Gegenpart nur die Wahl zwischen Unterordnung oder Rückzug hat. Wahrscheinlich kennt jeder aus seinem beruflichen Umfeld entsprechende Personen und die Reaktionen der Mitarbeiter, z.B. Rückzug durch Kündigung. Ganz anders sieht es in einer Spankingbeziehung aus: Wie bereits wiederholt dargelegt, erfolgt alles im gegenseitigen Einverständnis, sodass es keinen alleinigen ‚Bestimmer' gibt. Bei der Planung des Rahmens einer Spankingsitzung bringen sich alle Beteiligten unabhängig von ihrer Rolle während des Spiels ein, weil ja gerade die von allen angestrebte Lusterfüllung das Ziel eines Spankings ist. Sowohl im Vorfeld als auch im Nachhinein einer Spankingaktivität besteht also keinerlei Machtgefälle zwischen den beteiligten Personen.

Aber wie sieht es während einer Spankingsitzung aus, insbesondere dann, wenn Fesselungen Bestandteil des Spiels sind? Nun, bei der Umsetzung eines Rollenspiels im Bereich des Spankings scheint es auf den ersten Blick ein Machtgefälle zwischen Top und Sub zu geben. Zwar ist der Rahmen miteinander vereinbart worden, beispielsweise die Geschichte, die verfügbaren Strafinstrumente, die Intensität der Hiebe und vieles mehr, aber der Top könnte ja versucht sein, seine Stellung auszunutzen, insbesondere dann, wenn Sub fixiert ist.

Aber wie so oft trügt auch hier der Schein, denn tatsächlich kontrolliert Sub das Geschehen und nicht der im Vordergrund stehende aktive Part. Jeder verantwortungsbewusste Spanko und hier insbesondere jeder Top wird neben allen das Spiel betreffenden Details auch auf der Vereinbarung eines Codewortes bestehen. Sollte die Ausführung eines Spankings für Sub aus was für einem Grund auch immer zu anstrengend werden, kann jederzeit das Codewort genannt werden. Bei seinem Fallen ist die Sitzung sofort beendet und ein eventuell gefesselter Sub unverzüglich loszumachen. Auf diese Weise sollen nicht nur Anfänger, sondern auch erfahrene Subs vor Überforderung geschützt werden für den Fall, dass der Top darauf hindeutende Verhaltensweisen übersehen oder falsch interpretiert hat. Das Codewort dient also der Sicherheit des Sub. Mit dem Codewort und der zwingenden Folge bei seiner Nennung hat der passive Part den Hebel für den Notausstieg in den eigenen Händen und kontrolliert ihn selbständig. Im Falle einer tatsächlichen Dominanz des Top mit echter Über- und Unterordnung wäre eine solche Entscheidungsbefugnis für Sub jedoch nicht denkbar. Damit spricht auch während einer Spankingsitzung alles gegen eine ausgeübte Dominanz des Top.

Zudem stellt das Codewort neben dem Schutz des passiven Parts aber auch sicher, dass eine Sitzung nicht vom Top versehentlich vorzeitig beendet wird. Das kann ohne Codewort passieren, denn für manche Subs gehört das Betteln um ‚Gnade' oder das ‚Flehen um ein Ende der Schläge' zum Spiel dazu und ist unverzichtbarer Bestsandteil für ihre Lusterfül-lung. Gleichwohl könnte Top dieses Flehen bei einer sehr realistischen Darbietung als Signal einer Überforderung inter-pretieren und das Spiel abbrechen, ohne das diese Reaktion von Sub gewollt ist. Die Vereinbarung eines Codewortes, bei dessen Nennung zwingend abgebrochen werden muss, beugt damit also zugleich Missverständnissen vor. Auch insoweit hat Sub mit dem Codewort die Entscheidungsbefugnis in den eigenen Händen.

Wie man anhand der vorstehenden Ausführungen sieht, kann der Schein täuschen. Zwar wirkt eine Spankingsitzung sehr hart und erweckt die Illusion einer auf Führung und Do-minanz durch den Top beruhenden Über- und Unterordnung, aber je nach Blickwinkel relativiert sich dieser Eindruck nicht nur, sondern löst sich vielmehr auf. Allerdings muss man ein-räumen, dass es wie überall auch einzelne ‚Schwarze Schafe' unter den Spankos gibt, die nicht nur ihre Kompetenzen über-schreiten, sondern sich damit auch strafbar machen. Diese Leute strafrechtlich verfolgen zu lassen, ist eine Selbstver-ständlichkeit, aber zum Glück handelt es sich dabei um Einzel-fälle.

Führung und Dominanz erfordern zwar, insbesondere im beruflichen Alltag, ein unterschiedlich ausgeprägtes autoritä-res Verhalten, aber die entsprechende Grundeinstellung muss bei den jeweiligen Führungskräften vorhanden sein. Eine Spankingsitzung ist dagegen anders konzipiert, denn sie be-ruht letztlich auf dem Kollegialprinzip, d.h. alle Beteiligten entscheiden gemeinsam und auf Augenhöhe über Rahmen, Ablauf und alles Sonstige im Zusammenhang mit einem Spanking. Für autoritäres Verhalten oder auch nur dem Durchsetzen eigener Vorstellungen zu Lasten des anderen Parts ist in einer intakten Spankingbeziehung kein Platz. Keiner darf das gemeinsame Ziel, nämlich die gemeinsame Lusterfüllung, aus den Augen verlieren - ein gelungenes Spanking sorgt bei allen Akteuren für sexuelle Befriedigung, nicht nur bei einem Teilnehmer. Eine Spankingsitzung ist also gewissermaßen wie ein Wettbewerb, bei dem Top und Sub gemeinsam als Team auftreten. So, wie im Beachvolleyball einer den Aufschlag macht und der andere sich auf die Annahme der gegnerischen Abwehr vorbereitet, fallen den beiden Akteuren beim Spanking zwar unterschiedliche Rollen zu, aber nur in der Symbiose ihrer Teamleistung können sie den sexuellen Erfolg erringen. Vielleicht hat dabei ein Part mehr Ideen oder Umsetzungsvorschläge als der andere Teil, aber durch die gemeinsame Entscheidung über die anzuwendende Strategie oder den gültigen Rahmen, innerhalb dessen sich die Aktionen zu bewegen haben, verbietet sich automatisch autoritäres Gebaren wie Führung oder Dominanz. Gleichwohl werden diese Begrifflichkeiten verwendet, um dem Rollenspiel eine besondere Würze zu geben, die auf einen nicht eingeweihten Außenstehenden eine entsprechend negative Wirkung haben kann. Wie immer ist es nämlich schwierig, etwas zu beurteilen, wenn man die Hintergründe nicht erforscht oder sich mit der Materie nicht vertraut gemacht hat. Leider machen sich die wenigsten Vanillas die Mühe, hinter die Kulissen einer Spankingsitzung zu schauen. Aber wer weiß, vielleicht ist das für sie auch eine Form des Selbstschutzes – vielleicht würde ihnen gefallen, was sie dabei sehen würden?

**<u>Anmerkungen</u>**

1 Vgl. Wikipedia, Suchbegriff ‚Führung', zuletzt eingesehen am 06.06.2021.

2. Ebda.

3 Zitat von Golemann 2002, S. 192, hier zitiert nach Monique Werner: Führungskraft Lehrer - Klassen führen und Schüler motivieren, Studienarbeit 2010.

4 Vgl. Wikipedia, Suchbegriff ‚Mentoring', zuletzt eingesehen am 06.06.2021.

5 Vgl. www.charaktereigenschaften24.de, zuletzt eingesehen am 06.06.2021.

6 ebda.

# Was ist Domestic Discipline?

Auf nicht wenige Spankingliebhaber scheint das ‚Domestic Discipline' (DD) eine große Faszination auszuüben. Worum es dabei geht? Nun, vereinfacht ausgedrückt erfolgt dabei die Unterordnung der Frau unter den Mann, der damit sowohl das Entscheidungsrecht in der Beziehung als auch das Erziehungsrecht über seine Frau hat. Manche Spankos praktizieren nach eigenen Angaben diese Variante des Spankings und haben es dabei vollständig in ihr Leben integriert. Was für manche wie ein Verstoß gegen den Gleichheitsgrundsatz wirkt, wird von den Vertretern und insbesondere den Vertreterinnen des Domestic Discipline als überaus sinnvoll und für die Beziehung positiv bewertet. Wahrscheinlich kann man sich erst dann ein Urteil erlauben, wenn man sich die Hintergründe dieses Lebensentwurfs erschlossen hat. Zuvor soll aber der Frage nachgegangen werden, woher der dahinter stehende Grundgedanke kommt und was die konkreten Inhalte sind bzw. wie die entsprechende Umsetzung aussieht. Dabei kommt es naturgemäß auf die individuelle Einstellung der beiden Menschen an, die in einer solchen Beziehung leben. Deshalb können hier nur die zusammenfassenden Ergebnisse von Gesprächen mit entsprechend lebenden Paaren als Grundlage dienen, aber selbstverständlich kann und wird es in Detailfragen zwischen DD-lebenden Paaren Unterschiede geben. Zum Schluss dieses Essays wird der Frage nachgegangen, ob das Zusammenleben auf der Basis von Domestic

Discipline in der heutigen Zeit funktionieren kann. Gerade weil heutzutage der Fokus verstärkt auf die Geschlechtergerechtigkeit gerichtet wird, wirkt die Unterordnung der Frau unter den Mann für bestimmte Kreise anachronistisch, vielleicht sogar provozierend.

Es gibt also rund um das Thema Domestic Discipline Fragen über Fragen. Also fangen wir am besten ganz am Anfang an und befassen uns mit der geschichtlichen Entwicklung der dahinter stehenden Grundidee.

## 1. Der Grundgedanke - Ursprung und Entwicklung

Im Grunde genommen handelt es sich beim Domestic Discipline um eine Form der Vormundschaft. Dabei wird üblicherweise die gesetzlich geregelte Fürsorge für eine unmündige Person (Mündel) geregelt, der die eigene Geschäftsfähigkeit fehlt.[1] Das ist keine Erfindung der Neuzeit, sondern wird schon seit Jahrhunderten praktiziert. Wer die Geschäftsfähigkeit besaß, wurde in der Vergangenheit unterschiedlich geregelt. Bezogen auf die hier zu betrachtende Variante des Spankings liegt diese Regelung in der Neuzeit, in der volljährige Männer und Frauen als ‚voll geschäftsfähig' gelten. Da ein Spanking grundsätzlich nur zwischen Erwachsenen stattfinden darf, liegt also bei beiden Partnern einer Domestic-Discipline-Beziehung die Volljährigkeit vor. Vor diesem Hintergrund fehlt es der sich unterordnenden Frau also nicht an der Geschäftsfähigkeit, ganz im Gegenteil verfügt sie darüber und ist sich ihrer Handlung und der darauf basierenden Folgen vollkommen bewusst. Sofern eine Person zwar volljährig, aber aufgrund bestimmter Umstände nicht geschäftsfähig wäre, würden sich sowohl Spankingsitzungen als auch ein Leben nach dem Domestic Discipline verbieten.

Die Entwicklung der Vormundschaft reicht weit in die Vergangenheit zurück. Sie war bereits im antiken römischen Recht verankert, ursprünglich als ein reines Gewaltverhältnis, dem Unmündige und Frauen unterworfen waren. Letztere allerdings nur insoweit, als sie nicht bereits der väterlichen Hausgewalt oder der ehelichen Vorherrschaft unterstanden. Im Gegensatz zum Hausvater verfügte der Vormund jedoch nicht über das Recht zum Töten, was aus der ‚treuhänderischen Bestimmung für das Mündel' hergeleitet wurde.[2]

Das römische Recht überstand zumindest teilweise den Untergang des ‚Römischen Reiches' und beeinflusste spätere Rechtsordnungen. Bezüglich der Vormundschaft fanden die römischen Regelungen u.a. Eingang in die Wehrverfassung des Frühmittelalters: Dort wird der althochdeutsche Begriff ‚Munt' für ‚Schirm, Schutz, Gewalt' verwendet, der auf die Vormundschaft des römischen Rechts zurückzuführen ist. Im Mittelalter galt nämlich nur der Mann als mündig, der sich selbst mit einer Waffe schützen konnte. Während die landwirtschaftlichen Arbeiten beiden Geschlechtern oblagen, war das Kriegshandwerk ausschließlich Männersache. Daraus ergab sich eine ‚männerrechtliche Ordnung der Gesellschaft' und als

Folge ein ‚kriegerischer Patriarchalismus'. Aber mit der immer weiter voranschreitenden Entwicklung von Militärtechnik und Kriegsführung spezialisierte sich der Kriegsdienst seit den Karolingern auf eine kleine Elite, sodass für den Großteil der männlichen Bevölkerung der Militärdienst somit nicht mehr bedeutsam war und sie diesen ‚kriegerischer Patriarchalismus' nicht mehr ausleben konnten. Dafür entwickelte sich in den Kreisen der Handwerker und Bauern und damit beim zivilen Bevölkerungsteil ein ‚unkriegerischer Patriarchalismus'. Unterstützt wurde diese Entwicklung durch die damalige Gerichtsverfassung, in der die alte Wehrverfassung nachwirkte. Auf diesem Wege wurde somit die hervorgehobene Stellung des Hausvaters begründet, die sich auf sämtliche Angehörige des Hausstandes bezog, sodass Frauen, Kinder und das Gesinde der väterlichen Gewalt unterstanden.[3] Die Funktion des Hausvaters war damit festgeschrieben. In ihrer Wirkung war sie also zum einen ‚legitime Gewalt und gute Macht', aber zum anderen war die Ausübung der Funktion als Hausvater an seine jeweilige physische und psychische Führungsstärke, Leistungskraft und Wehrhaftigkeit gebunden. Schwanden bei einem Hausvater diese Eigenschaften, ging die Schutz- und Leistungsfähigkeit an einen jüngeren Nachfolger über.[4]

Da eine Gesellschaft seit jeher wandlungsfähig ist und es immer wieder zu solchen Veränderungen kam, wurde auch die Gesellschaftsordnung des Mittelalters davon erfasst. Als Folge des seinerzeitigen Wandels emanzipierte sich zunächst das Gesinde und erlangte rechtliche Mündigkeit. Weitere Veränderungen bei der väterlichen Hausgewalt folgten: Hinsichtlich der Kinder ging die väterliche Gewalt im Laufe des 20. Jahrhunderts zurück und wurde schließlich zum Vorrang des Kindeswohls entwickelt, das der elterlichen Sorge unter staatlicher Aufsicht unterstand. Ebenfalls im 20. Jahrhundert wurde die Unmüdigkeit der Frauen zunächst abgebaut und ihnen schließlich die Bürgerrechte zugestanden.[5] Mit zunehmender Gleichberechtigung der Frauen mit den Männern fielen schließlich alle diesbezüglichen Vorrechte der Männer, sodass heute beide Geschlechter auf Augenhöhe agieren und niemand dem anderen untergeordnet ist.

Allerdings stößt diese Entwicklung auf verstärkten Widerstand. In den Augen von Fundamentalisten hat sich die Welt zum Negativen verändert, insbesondere beklagen sie einen Verfall der Sitten und Moral. Dafür machen sie Alkoholismus, Prostitution und sexuelle Lockerheit verantwortlich, was sie wiederum auf die neue Rolle der Frau zurückführen. Also versuchen sie, ihre religiösen Vorstellungen in der Politik und in der Gesellschaft durchzusetzen, wobei sie die Frauen als Ursache ansehen und daher deren Rechte und deren sexuelle Selbstbestimmung beschneiden wollen. Insbesondere amerikanische Fundamentalisten sind hierbei seit der Weltfrauenkonferenz von Peking im Jahre 1995 sehr aktiv. Hintergrund ist der in den Augen dieser christlichen Fundamentalisten eingetretene ‚Abfall vom Glauben', für den sie den Niedergang der öffentlichen Moral und die Emanzipation der Frauen verantwortlich machen. Dabei war der christliche Fundamentalismus ursprünglich eine Reaktion auf die Moderne, also eine Reaktion auf die mit den Änderungsprozessen einhergehenden Unsicherheiten, Ängste und Konflikte. Durch eine Rückbesinnung auf die ‚christlichen Fundamente' könne man nach Ansicht der Fundamentalisten diese Probleme angeblich lösen. Nach Meinung der christlichen und aller anderen Fundamentalisten bestehe die ‚vorgegebene Sozialordnung' in der patriarchalischen Familie und den hierarchischen Geschlechterrollen.[6]

Vor dem vorstehend skizzierten Hintergrund ist es nicht verwunderlich, dass eine christliche Minderheit, die ‚Christian Domestic Discipline' (CDD), die Unterordnung der Frau unter ihren Ehemann und im Falle eines Vergehens der Frau die Durchführung eines Spankings durch diesen als Form der Bestrafung befördern. Zur Rechtfertigung ihrer diesbezüglichen Position berufen sie sich auf Bibelinterpretationen, die aber nicht von der Mehrheit der Christen geteilt werden. Während das CDD also für einige christliche Fundamentalisten eine Rückbesinnung auf die christlichen Fundamente darstellt, bezeichnen Anwälte von Opfern diese Praktiken dagegen als Missbrauch und Kontrolle des Benehmens. Andere beschreiben die Vorgehensweise beim CDD als einen simplen sexuellen Fetisch, andere als sadomasochistischen Wunsch. Konservative Christen bezeichnen die Entwicklung als ‚erschreckenden Trend, der bizarr, verzerrend, unbiblisch und unchristlich' sei.[7] Ob es den christlichen Fundamentalisten wirklich nur um die Verbesserung der Moral und die Rückbesinnung auf den Glauben geht oder auch Fetisch-Fantasien eine Rolle spielen könnten, muss an dieser Stelle unbeantwortet bleiben.

Während also eine christliche Minderheit für die Umsetzung des CDD plädiert, wurde diese Praktik als ‚Domestic Discipline' (DD) von Teilen der BDSM-Szene übernommen. Möglicherweise, so wird vermutet, konnten sich Teile dieser Szene nicht mit den üblichen Praktiken und/oder den weit verbreiteten Lack- und Lederutensilien identifizieren und haben nach einem neuen Weg gesucht. Mit der Form Domestic Discipline haben sie ihn offensichtlich gefunden. Über den BDSM hat das DD seinen Weg in die Welt der Spankingliebhaber gefunden. Ob es sich beim Spanking um eine Variante des BDSM oder um einen eigenständigen Fetisch handelt, ist dabei an dieser Stelle unerheblich, die Diskussion darüber ist unter den Anhängern der beiden Fetische noch nicht abgeschlossen. Da sich der vorliegende Band mit dem Spanking beschäftigt, werden die nachstehenden Ausführungen ausschließlich auf diesen Fetisch begrenzt, aber wie so oft können die Grenzen natürlich fließend sein.

## 2. Inhalt des Domestic Discipline

Wenden wir uns nun dem Inhalt und der Form des Auslebens des Domestic Discipline zu. Innerhalb der Spanking-Szene scheint es eine nicht unerhebliche Anzahl von Spankos zu geben, die nach eigener Darstellung das DD in ihr Leben integriert haben. Spricht man mit ihnen, wird immer wieder betont, dass das Spanking ohnehin ein Teil von ihrem Leben sei, was die Einführung des DD erleichtert habe. Sie unterstreichen, dass es bei dieser Lebensart keine Trennung zwischen dem Spiel als Teil der eigenen Sexualität und dem täglichen Leben gebe. Deshalb handele es sich auch um 24/7-Beziehungen, d.h. das Domestic Discipline gilt vierundzwanzig Stunden an sieben Tagen in der Woche. Für die Befürworter ist es also eine Lebensgrundlage. Während für eine Spankingsitzung zur reinen sexuellen Lusterfüllung gegebenenfalls ein für beide Seiten ansprechendes Szenario entwickelt werden muss, stellt beim DD das ganz normale Leben diesen Rahmen dar. Das erklärt auch, warum hierbei die Szenarien, die zu einer Bestrafung führen, in der Regel ganz alltägliche Situationen sind und die Verfehlungen daher nicht gespielt oder behauptet, sondern real festgestellt werden. Damit unterscheiden sich die Vertreter des Domestic Discipline nach ihrer Meinung insbesondere von denen des BDSM, weil dort eher künstliche Szenarien den Hintergrund für eine Sitzung bilden. Das hat zur Folge, dass die Anlässe für eine Züchtigung beim BDSM konstruiert oder ihr Vorliegen behauptet werden müssen, während bei einer Bestrafung in einer Domestic-Discipline-Beziehung reales (Fehl-)Verhalten vorliegt. Während man angesichts dieser Argumentation durchaus einen fließenden Übergang zwischen den beiden Fetischen konstatieren könnte, kristallisiert sich der eigentliche Unterschied jedoch schnell heraus: Unabhängig davon, ob es eine normale Spanking- oder BDSM-Sitzung ist, hat sie eine zeitlich begrenzte Dauer. Beim DD ist diese Begrenzung nicht gegeben, vielmehr handelt es sich um eine dauerhafte und umfassende Unterordnung mit entsprechender Gehorsamspflicht und dazugehörenden Kontrollen. Die untergeordnete Person hat sich also einer dauerhafter Kontrolle ihres Benehmens unterworfen, sodass jedes fehlerhafte Verhalten Konsequenzen nach sich ziehen kann.

In Beziehungen, bei denen Domestic Discipline gelebt wird, betont man immer wieder die Unterordnung der Frau unter den Mann. Die Ursache für diese Sichtweise ist nicht ganz klar, aber sie könnte ihren Ursprung im CDD und damit bei den christlichen Fundamentalisten in den USA haben. Somit scheint es beim DD eine feste Rollenverteilung zu geben, während in einer BDSM-Beziehung die dominante Rolle sowohl von einem Mann als auch von einer Frau eingenommen werden kann. Warum dies beim Domestic Discipline nicht möglich sein sollte, erschließt sich jedoch nicht, denn zumindest theoretisch wäre insoweit eine Abgrenzung zum CDD möglich.

Grundsätzlich hat beim DD der Mann für gewöhnlich die Aufgabe zur Beaufsichtigung der Frau und ihres Verhaltens, damit sie sich nicht selber schaden kann. Zwar gilt in diesen Beziehungen die ausdrückliche Unterordnung der Frau unter den Führungsanspruch des Mannes, allerdings kann sie in gewissem Umfange Mitspracherechte bekommen. Als ‚Idealzustand' wird die Rolle der Frau als Beraterin angesehen. Das bedeutet, dass sie zwar ihre Meinung zu einem Thema sagen darf, aber anschließend die Entscheidung des Mannes widerspruchslos zu akzeptieren hat. Dieses hierarchische Verhältnis zwischen den Geschlechtern wird von den Akteuren beider Seiten für gewöhnlich als Vereinfachung im täglichen Umgang miteinander sowie als Erleichterung bei Entscheidungsfindungen innerhalb der Beziehung angesehen. Angesichts des klaren Führungsanspruchs des Mannes und der freiwilligen Unterordnung der Frau fallen nach Ansicht der Liebhaber des Domestic Discipline viele kleinliche Machtkämpfe im Alltagsleben weg, während sich Paare mit einer anderen Beziehungsgrundlage darin aufreiben und ihre Beziehung einer Vielzahl an Belastungsproben aussetzen würden. Dieser Gedanke erscheint nach einem Blick in die Runde der ‚Vanilla-Paare' im eigenen Bekanntenkreis nicht abwegig zu sein. Sofern sich also eine Frau freiwillig ihrem Manne unterordnet und auf ihre verfassungsrechtlich garantierte Gleichstellung verzichtet, müsste sie neben diesem Opfer auch bereit sein, etwaige eigene Wünsche hinter denen ihres Mannes anzustellen, weil dieser ja letztendlich die alleinige Entscheidungsbefugnis hat. Eine solche Bescheidenheit ist sicher selten anzutreffen, aber sie könnte tatsächlich das Zusammenleben eines Paares vereinfachen.

In diesem Zusammenhang argumentieren Vertreter des Domestic Discipline auch, dass bei ihnen anders als in BDSM-Beziehungen die Dominanz des Mannes nicht willkürlich sei, sondern es vielmehr in gegenseitigem Einvernehmen festgelegte Regeln gebe, die von großer Bedeutung seien. Es wird behauptet, dass bei den BDSM-Szenarien die Macht des dominanten Parts gnadenlos sei und dieser als absolutistischer Herrscher auftrete, während das Domestic Discipline eine fürsorgliche Strenge des Mannes gegenüber seiner Frau beinhalte. Diese Argumentation wirkt jedoch bei näherer Betrachtung etwas aufgesetzt, denn tatsächlich unterliegen alle BDSM-Spiele einer vorhergehenden einvernehmlichen und konkreten Absprache hinsichtlich des Rahmens und des Erlaubten – dabei befinden sich sowohl der dominante als auch der devote Part gleichberechtigt auf Augenhöhe, was erst im Spiel geändert wird, aber dann darf der vorher festgelegte Rahmen nicht verlassen werden. Falls es also eine gnadenlos wirkende Aktion beim BDSM gibt, ist das zwischen den Akteuren entsprechend abgesprochen und kann durch die Anwendung eines Sicherheitscodes jederzeit unverzüglich abgebrochen werden. Die behauptete Allmachtstellung des dominanten Parts beim BDSM kann es vor diesem Hintergrund also nicht geben.

Umgekehrt stellt sich aber die gleiche Frage nach der Willkür des Mannes als bestimmenden Akteur beim Domestic Discipline: Einerseits wird zwar von den Befürwortern des DD die Unterordnung der Frau unter den Mann betont, aber zugleich wird diese Stellung als Ergebnis einer vorherigen Absprache bezeichnet. Das scheint sinnvoll zu sein, denn tatsächlich müssen sich die beiden Partner ganz am Anfang einigen, dass sie nach dem Domestic Discipline leben wollen.

Mit dem Beginn der Beziehung beziehungsweise der Einführung des DD hat dann der Mann das Sagen und kann aufgrund seiner patriarchalen Hausgewalt herrschen. Dabei obliegt ihm nicht nur das Züchtigungsrecht, sondern es besteht für ihn sogar eine Züchtigungspflicht, um seine Frau vor für sie schädlichem Verhalten zu bewahren. Diese Darstellung weist jedoch starke Überschneidungen mit dem dominanten Part beim BDSM auf, was bislang von den Liebhabern des DD argumentativ nicht widerlegt werden konnte.

Allerdings gibt es einen als sicher anzunehmenden Unterschied bei der Vollstreckung einer Strafe: Beim Domestic Discipline dürfte ein etwaiger Strafvollzug weitaus weniger martialisch und furchteinflössend wirken als eine Bestrafung im Rahmen einer BDSM-Sitzung. Das hängt sicher damit zusammen, dass beim DD Strafen für gewöhnlich durch Schläge auf das Gesäß der Delinquentin vollzogen werden, also der Form eines Spankings entsprechen. Natürlich kann die Strafe auch auf andere Weise vollzogen werden, beispielsweise durch Hausarrest, Fernseh- oder Computerverbot, schriftliche Strafarbeiten, dem Strafstehen in der Ecke usw. Manchmal wird auch eine Kombination gewählt, d.h. zusätzlich zu den Hieben wird eine Zusatzstrafe wie beispielsweise Eckestehen verhängt. Beim BDSM dagegen können je nach Neigung auch Klammern, Nadeln, Wachs und andere Dinge zum Einsatz kommen, die in ihrer Wirkung weitaus bedrohlicher wirken. Die Festlegung der zur Verfügung stehenden Utensilien wird jedoch, wie schon oben erwähnt, von den Akteuren einvernehmlich festgelegt. Dennoch ist die Gangart bei einer BDSM-Bestrafung zumindest optisch härter, aber in der Regel auch körperlich viel anstrengender als ein Spanking. Deshalb auch das ungeschriebene Gesetz zur Vereinbarung eines Sicherheitswortes, bei dessen Nennung die Sitzung sofort beendet ist. Ob dagegen eine Bestrafung im Rahmen des Domestic Discipline auch von der Delinquentin mittels eines Sicherheitswortes beendet werden kann, muss bezweifelt werden, weil ein solches Recht der immer wieder propagierten Unterordnung widersprechen und das Züchtigungsrecht des Mannes unterlaufen würde. Dennoch kann es nicht ausgeschlossen werden. Auf jeden Fall muss man davon ausgehen, dass auch ein Spanker im Rahmen des DD verantwortungsbewusst genug ist, seine Spankee nicht zu überfordern.

Allerdings kommen beim Domestic Discipline nicht nur Körperstrafen in Betracht, sondern auch andere, oben genannte Möglichkeiten zur Ahndung eines Fehlverhaltens wie beispielsweise Hausarrest. Beim Strafmaß gilt jedoch die Regel, dass psychologische Strafe wie zum Beispiel Liebesentzug untersagt sind. Neben der Sinnhaftigkeit des Verbots einer solch belastenden Strafe dürfte aber wohl auch ein pragmatischer Grundsatz dahinter stehen: Da das Domestic Discipline in einer Beziehung zur Anwendung kommt und die Grundlage einer solchen Paarbindung gewöhnlich die Liebe ist, würde ein Liebesentzug zum einen dem Charakter des Domestic Discipline als Variante des Spankings zuwiderlaufen, denn schließlich ist das Spanking an sich letztlich eine Form der sexuellen

Lusterfüllung. Zum anderen würde ein solcher Liebesentzug als Maßnahme einer Bestrafung bei häufigerer Anwendung die Liebe als der eigentlichen Grundlage der Beziehung ebendiese aushöhlen. Insoweit verwundert es nicht, dass der erotische Reiz einer Züchtigung von Liebhabern des Domestic Discipline nur sehr selten geleugnet wird. Gleichzeitig wird aber als Gegensatz zu den angeblich rein erotischen BDSM-Beziehungen der Aspekt der Disziplinierung als vorherrschender Grund genannt. Allerdings kann sicher auch eine BDSM-Beziehung auf der Grundlage des Domestic Discipline geführt werden, nur dürften dann die Strafen härter und die dafür verwendeten Gerätschaften weniger alltäglich sein. Solange alle beteiligten Personen mit der härteren Variante einverstanden sind, spricht also nichts gegen eine Anwendung des DD im BDSM-Kontext.

Viel gewichtiger erscheint dagegen ein anderer Aspekt zu sein, der die Unterschiede zwischen den beiden Spielarten aufzeigen soll: Eine Argumentation besagt, dass die Freunde des BDSM eher an der Verhängung der Strafen und deren Vollstreckung interessiert seien, wobei die Intensität der Aktivitäten unterschiedlich sein und viele Facetten aufweisen könne. Im Unterschied dazu gehe es den Liebhabern des Domestic Discipline vielmehr um die Harmonie zwischen den Partnern und damit um ihre Beziehung als Ganzes. Die einvernehmlich vereinbarten Erziehungsziele sollen die Bewahrung dieser Harmonie sicherstellen. Somit sei das Führen einer harmonischen Beziehung in ihrer Gesamtheit unter Vermeidung von zermürbenden Streitereien um Nichtigkeiten das oberste Ziel. Der erotische Aspekt einer Züchtigung sei dabei ein zusätzlicher Nebenaspekt, der gerne genossen werde. Während also eine BDSM-Sitzung lediglich der reinen Lusterfüllung diene und nach erfolgtem Ausleben oder Lusterfüllung wieder in eine normale Paarbeziehung mit all ihren alltäglichen Sticheleien und Streitereien überwechsle, sei Domestic Discipline die Grundlage für eine dauerhafte und von beiden Partnern als harmonisch empfundene Beziehung. Warum man hier wieder auf einen angeblichen Unterschied zum BDSM hinweist, ist nicht deutlich, denn schließlich kann auch eine Domestic-Discipline-Beziehung auf der Basis von BDSM-Praktiken beruhen und bei entsprechender Anwendung die gleiche Harmonie erzeugen. Wenngleich zugegebenermaßen mit weitaus martialischerer Erscheinungsform.

### 3. Die reale Machbarkeit in der heutigen Zeit

Eine auf dem Prinzip des Domestic Discipline basierende Beziehung kann als Variante der sexuellen Lust sicher temporär begrenzt ausgelebt werden. Ob sie dabei jedoch ausschließlich auf Spanking beruhen muss, ist hingegen fraglich. Wie es oben schon mehrfach angeklungen ist, sind die Grenzen zwischen BDSM und Domestic Discipline fließend, lediglich in Bezug auf die ‚Spielgeräte' und dem optischen Erscheinungsbild beim Ausleben des Fetisch gibt es Abweichungen. Vor diesem Hintergrund ist eine spankingbasierte Beziehung sicher wesentlich einfacher, diskreter und preisgünstiger zu führen als eine vergleichbare BDSM-Verbindung mit ihrem Bedarf an martialischen Utensilien, einer breiteren Palette an Strafinstrumenten sowie der erforderlichen Möbel wie beispielsweise Andreaskreuz, Käfig, Strafbock uvm.

Davon abgesehen können sich die Liebhaber des Domestic Discipline den vorherrschenden gesellschaftlichen Gegebenheiten nicht entziehen. Eine wie von ihnen praktizierte Unterordnung der Frau unter den Mann wird heutzutage als anachronistisch und diskriminierend angesehen. Damit besteht im Falle eines öffentlichen Bekenntnisses zu dieser Lebensform sehr schnell die Gefahr einer gesellschaftlichen Ächtung und möglicherweise strafrechtlichen Ermittlungen wegen des Verdachts der Ausnutzung einer Hörigkeit. Auch wenn ein solcher Vorwurf wohl schnell entkräftet werden könnte, bliebe sicher ein Makel zurück, der zu einem Stigma des betroffenen Paares führen dürfte. Der Hinweis auf die Freiwilligkeit der Unterordnung und auf die Möglichkeit der Frau, eine solche Beziehung jederzeit verlassen zu können, dürfte an der einmal gefassten Meinung wenig bis gar nichts ändern. Gerade durch die Möglichkeit des Ausstiegs aus einer solchen Beziehung hat aber die Frau hierzulande die Entscheidungsbefugnis in ihren eigenen Händen, während bei der Anwendung des CDD durch christliche Fundamentalisten diese Möglichkeit verwehrt und nur die Flucht bleibt. Im Rahmen einer Spankingbeziehung erfolgt die Anwendung des DD eben rein freiwillig, während das CDD auf echten Zwang und echter Unterdrückung beruht. Durch die Möglichkeit des jederzeitigen Ausstiegs verfügt die vorgeblich untergeordnete Frau jedoch nicht nur über eine gewisse Machtposition, sondern zugleich auch über die finale Entscheidungshoheit – was eigentlich ihrer Unterordnung widersprechen würde.

Um jeglichen Problemen mit Gleichstellungsbeauftragten, selbsternannten oder tatsächlichen Frauenrechtlerinnen und Feministinnen aus dem Weg zu gehen, sollte der Charakter einer Domestic-Discipline-Beziehung also nach außen besser verschwiegen werden. Inwieweit sich das bei einer Anbindung an das gesellschaftliche Leben wie Nachbarschaftsbeziehungen, Vereinsmitgliedschaften usw. vollumfänglich durchhalten lässt, muss jedes Paar individuell für sich entscheiden und gegebenenfalls Ausnahmen von ihrer DD-Regel kreieren. Ein Rückzug aus der Gesellschaft und damit der Verzicht auf Geselligkeit außerhalb der Kreise mit der eigenen Einstellung dürfte dagegen eher unglücklich sein, da man damit auf eine Vielzahl von Aktivitäten verzichten müsste und sich dem Kennen lernen von anderen Meinungen entziehen würde. Versucht man aber die Balance zwischen Domestic Discipline einerseits und Teilhabe am gesellschaftlichen Leben andererseits, so wäre das sicher möglich, aber mit einigen Mühen und Risiken verbunden, insbesondere beim Vorhandensein von Striemen während des Duschens nach einer Aktivität beim Vereinssport.

Viel gravierender sind jedoch die Probleme im Falle einer Berufstätigkeit der Frau. Da alle in einer Domestic-Discipline-Beziehung lebenden Paare immer wieder den 24/7-Charakter ihrer Bindung betonen, muss gerade dieses Merkmal in Bezug auf die Arbeitszeit abgestimmt sein. Im heutigen Arbeitsleben wäre es beispielsweise nicht vermittelbar, dass eine Frau aufgrund eines versohlten Gesäßes Schwierigkeiten beim Sitzen am Schreibtisch hätte. Aber auch bei weniger schmerzhaften Strafen wie zum Beispiel dem Hausarrest oder dem Computerverbot müssten klare Absprachen zwischen Mann und Frau hinsichtlich des Verhaltens am Arbeitsplatz und bezüglich der Wegstrecken von und zur Arbeitsstätte getroffen werden, da je nach Arbeitsplatz eine Strafe für den Arbeitsbereich ausgesetzt werden müsste, was aber die Darstellung als 24/7-Einstellung beeinträchtigen würde. Die entsprechende Kontrolle der Vorgaben durch den Mann wäre dann zudem wiederum von dessen eigener Arbeitszeit und den mit seiner Arbeit verbundenen Möglichkeiten abhängig. Natürlich hat Domestic Discipline als 24/7-Beziehung in der Spankingszene einen sehr guten Klang, aber im Grunde ist es eine Spankingbeziehung, bei der man im Gegensatz zu einer normalen Spankingsitzung nicht sicher sein kann, wann es eine Bestrafung geben wird. Es wäre sicher ehrlicher, von einer Spankingbeziehung auf DD-Basis in der Freizeit zu sprechen, aber dann dürfte das Ansehen bei den anderen Spankos nicht ganz so ausgeprägt sein. Vielleicht geht es beim DD also doch mehr um das persönliche Glücksgefühl der beteiligten Akteure durch höheres Ansehen in Spankingkreisen aufgrund einer beschriebenen Lebensweise – ob tatsächlich alles so problemlos wie beschrieben abläuft, können Außenstehende schließlich nicht beurteilen. Gleichwohl lässt sich aber feststellen, dass abgesehen von einigen Problemstellungen ein Leben als Domestic-Discipline-Beziehung durchaus möglich wäre. Sofern man mit seiner diesbezüglichen Lebenseinstellung nicht hausieren geht und somit Risiken vermeidet, dürfte man auch den Sanktionen des anders gelagerten Mainstreams entgehen. Ob sich beide Akteure in einer solchen Beziehung dauerhaft wohl fühlen, muss jeder von ihnen für sich entscheiden. Solange sie sich aber mit diesem Arrangement gut fühlen und den Eindruck haben, dass es ihrer Beziehung tatsächlich förderlich sei, wäre nichts dagegen einzuwenden – denn wie schon gesagt, kann die Frau ihre Rolle als unterwürfiger Teil jederzeit aus eigenen Stücken beenden.

Die Frage, warum DD-Anhänger im Bereich des Spankings immer wieder Unterschiede zum BDSM betonen, die einer näheren Betrachtung nicht standhalten, ist noch ungeklärt. Möglicherweise will man nicht als Nachahmer dastehen, denn das CDD der christlichen Fundamentalisten wurde zunächst von der BDSM-Szene übernommen. Da viele Spankingfreunde das Spanking als eigenständigen Fetisch und nicht als eine von vielen Varianten unter dem Oberbegriff BDSM verstehen, will man vielleicht auf diese Weise genau diese Eigenständigkeit betonen. Ob dem aber tatsächlich so ist oder ob noch andere Gründe dahinter stecken, konnte im Rahmen dieses Essays nicht betrachtet werden, weil es den Rahmen gesprengt hätte.

Zum Abschluss noch ein letzter Aspekt: Von Liebhabern des Domestic Discipline wird immer wieder die Unterordnung der Frau unter den Mann betont. Dadurch könnte der Eindruck entstehen, dass diese Beziehungsbasis nur bei heterosexuellen Paaren möglich sei. Allerdings gibt es kein schlüssiges Argument, dass einer Ausdehnung auf gleichgeschlechtliche Paare entgegenstehen würde. Letztlich besteht das Prinzip ja lediglich auf der Unterordnung einer Person unter eine andere innerhalb einer bestehenden und auf Dauer angelegten Paarbeziehung. Angesichts des Ursprungs des Domestic Discipline im christlichen Fundamentalismus verwundert die Betonung von Mann und Frau zwar nicht, aber abseits des religiösen Einflusses sind keine Gründe ersichtlich, warum nicht auch gleichgeschlechtliche Paare auf diese Weise leben könnten. Wenn alle Beteiligten mit der hierarchischen Struktur ihrer Beziehung einverstanden sind und damit glücklich und zufrieden sind, könnte es eine interessante Option für eine Paarbeziehung zwischen Spankingfreunden sein – ganz unabhängig von der geschlechtlichen Kombination der beiden Liebenden.

## Anmerkungen

1 Vgl. Wikipedia, Suchbegriff ‚Vormundschaft', zuletzt eingesehen am 19.06.2021. Dort finden sich Literaturhinweise.

2 Ebda.

3 Ebda.

4 Ebda.

5 Ebda.

6 Vgl. Doris Strahm: Christlicher Fundamentalismus versus Frauenrechte, Vortrag an der Tagung ‚Fundamentalismus versus Frauenrechte' des Schweizerischen Verbands für Frauenrechte svf-adf am 08. Juni 2013 in Basel. Hier verwendete in der leicht überarbeiteten Fassung der Internetveröffentlichung unter www.doris-strahm.ch, zuletzt eingesehen am 19.06.2021. Dort finden sich Literaturhinweise. Angesichts ähnlicher Auslegungen im Islam könnte man die Argumentation sicher auch darauf ausdehnen, aber für die geschichtliche Entwicklung des heute bekannten Domestic Discipline sind die Aktivitäten der christlichen Fundamentalisten entscheidend, sodass sich die Betrachtung in diesem Essay ausschließlich darauf begrenzt.

7 Vgl. Wikipedia, Suchbegriff ‚Christianity and domestic violence', zuletzt eingesehen am 19.06.2021. Dort finden sich entsprechende Literaturhinweise.

## Die Anrede beim Spanking in der Ehe

Derzeit wird an verschiedenen Stellen das Thema der Anrede während des Spanking in der Ehe diskutiert. Offensichtlich wird das Umschalten von ‚normaler‘ Ehe auf Spanking für viele Menschen erst durch eine entsprechend angepasste Anrede perfektioniert. Allerdings scheint es dabei für manchen Menschen Schwierigkeiten bei der Umsetzung zu geben, denn die Frage nach der Art der Anrede hätte sonst nicht den Umfang der derzeitigen Diskussion erreicht. Dabei ist diese Problematik nicht neu, zudem dürfte sie alle erotischen Spielarten betreffen, die sowohl einen ‚aktiven‘ als auch einen ‚passiven‘ Part erfordern.

Auch der Bereich des BDSM hat diese Diskussion geführt, was schließlich zu dem Aufsatz ‚Die Anrede einer Herrschaft‘ in der Nummer 103 des Magazins ‚Schlagzeilen‘ geführt hat. Darin werden zunächst die Ziele der BDSM-Handlung angeführt, weil sie Einfluss auf die Anrede haben. Danach prüft der Autor verschiedene Anreden mit Blick auf ihre Zweckmäßigkeit hinsichtlich der einzelnen Ziele, als die er Erniedrigung und Demütigung ermittelt hat. Die anschließende Prüfung der verbreiteten Anreden gibt Aufschluss darüber, ob sie zum Erreichen dieser beiden Ziele sinnvoll sind.

Nun wäre es am einfachsten, die Ergebnisse dieses Aufsatzes auf eine Beziehung mit Spanking zu übertragen. Aber ganz so einfach sollte man es sich nicht machen, denn es stellt sich ja die Frage, ob die Erkenntnisse aus dem Aufsatz zur Anrede im BDSM auf das Spanking in der Ehe übertragen werden können. Um das beurteilen zu können, muss man sich aber zunächst mit dem Wesen der Ehe beschäftigen.

Die Ehe ist die formal beglaubigte Form einer Beziehung und umfasst eine Vielzahl von Rechten und Pflichten, z.B. die Pflicht, im Notfall füreinander da zu sein, oder das Erbrecht. Die Ehe stellt also den Bund zwischen zwei Menschen auf freiwilliger Basis dar und umfasst die freiwillige Übernahme von Rechten und Pflichten. Zudem wird die Gleichberechtigung der beiden Eheleute in der Ehe verlangt, damit der Gleichheitsgrundsatz des Grundgesetzes, das in Deutschland zwar keine Verfassung ist, aber Verfassungsrang hat, erfüllt wird. Mit der formalen Eheschließung wird die Anerkennung aller rechtlich verankerten Rechte und Pflichten dokumentiert. In Beziehungen ohne Trauschein gelten grundsätzlich die gleichen Ansprüche an die Gleichberechtigung der beiden Partner, aber bei der Wahrnehmung von Rechten und Pflichten, etwa dem Erbrecht, gibt es erhebliche Unterschiede.

Betrachtet man nun die Innenbeziehung der Eheleute sowohl in einer BDSM- als auch in einer Spankingehe, so stellt man fest, dass beim BDSM gemäß dem oben genannten Aufsatz die Erniedrigung oder Demütigung im Vordergrund der Aktivitäten steht. In einer Spankingehe muss man hingegen zwischen dem erotischen Spanking und dem Strafspanking unterscheiden: Während beim erotischen Spanking die Hiebe als erotische Komponente zur Luststeigerung eingesetzt werden, stellt das Strafspanking die Ahndung für ein reales Vergehen beziehungsweise Fehlverhalten dar. Natürlich kann auch hier eine je nach individueller Neigung der Protagonisten zugelassene erotische Komponente hineinragen. Während also beim BDSM die Über- und Unterordnung während der gesamten Aktivität (und im Falle des gegenseitigen Einverständnisses darüber hinaus) bestehen bleibt und auch Willkür (natürlich in vorher abgesprochenen Grenzen) möglich ist, kann beim Spanking nach erfolgtem Strafspanking problemlos zum gleichberechtigten Alltag zurückgekehrt werden. Willkür wie beispielsweise falsche Anschuldigungen zwecks Herbeiführung einer Züchtigung würden hier unpassend wirken. Im Falle des erotischen Spankings stellt sich diese Problematik dagegen erst gar nicht, weil hier die Hiebe als Bestandteil oder zur Unterstützung der sexuellen Aktivitäten eingesetzt werden und nicht Ausdruck eines besonderen Binnenverhältnisses in der Ehe sind. Damit unterscheiden sich BDSM und die beiden Spankingvarianten voneinander, sodass die in dem oben genannten Aufsatz geprüften Anreden wie ‚Herr/in', ‚Gebieter/in', ‚Madame', ‚Eure Herrlichkeit' usw. beim Spanking zwar möglich sind, aber wegen der unterschiedlichen Zielsetzung als ungeeignet erscheinen.

In einer ‚normalen' Beziehung ist es zudem üblich, dass sich die Eheleute Kosenamen geben, von denen ‚Schatz', ‚Kleines' oder ‚Liebling' sich großer Beliebtheit zu erfreuen scheinen. Natürlich sind der Phantasie keine Grenzen gesetzt, sodass es eine wahre Flut von Kosenamen gibt wie beispielsweise ‚Hasi', ‚Mutti', ‚Vati', ‚Rehlein', ‚Dickerchen' usw. Gerade weil das erotische Spanking eine Bereicherung der sexuellen Aktivitäten ist und damit bezüglich seines Stellenwertes anderen Anregungen wie zum Beispiel dem Kamasutra, der Erotikmassage usw. gleichgestellt ist, bedarf es beim Spanking keiner besonderen Anreden, sondern die Kosenamen oder Anreden aus dem Alltagsbereich können problemlos verwendet werden, ohne dass ein Stilbruch entsteht.

Anders könnte es beim Strafspanking aussehen. Dieses ist zwar auf die Ahndung eines Vergehens ausgerichtet, aber die Bestrafung dient nicht der Erniedrigung oder Demütigung des Partners oder der Partnerin, sondern der Verhaltenskorrektur. Deshalb spricht auch hier nichts gegen die Beibehaltung der in der Beziehung verwendeten und etablierten ‚normalen' Kosenamen. Angesichts der unbestrittenen Nähe der beiden Handelnden zueinander kann sich die gezüchtigte Person also nach einem Strafspanking durchaus mit einem ‚Danke, Liebling!' für die Regulierung des Vergehens bedanken. Anders wäre es in einem BDSM-Kontext, denn dort wird bei aller Zuneigung der Protagonisten zueinander die Über- und Unterordnung praktiziert, sodass gegenüber einer Domina ein ‚Danke, Schatz!' geradezu anachronistisch wirken würde.

Von manchen Menschen wird das Spanking auch in Form von Rollenspielen ausgelebt. Besonderer Bekanntheit erfreuen sich Schüler-Lehrer-Beziehungen oder Schüler-Direktor-Beziehungen. Eine solche bewusst eingenommene Veränderung der Beziehung zwischen den Handelnden verlässt jedoch den Rahmen eines Ehespankings und nähert sich dem bereich des BDSM an, auch wenn es in der Ausführung wie ein Spanking in Form eines Strafspankings gehandhabt wird. Deshalb können in diesen Fällen gerade wegen der Nähe dieser Rollenspiele zum BDSM durchaus die Anreden aus dem BDSM-Bereich zum Zuge kommen, daneben aber auch rollenspezifische Anreden wie ‚Herr Direktor', Frau Oberstudienrat' usw. Diese Rollenspiele haben aber mit einem Praktizieren von Strafspanking in der Ehe als von beiden Partnern anerkanntes Mittel der Korrektur nichts gemein, sodass sie die bisherigen Aussagen zur Anrede beim Ehespanking nicht berühren.

Zum Schluss stellt sich noch die Frage, ob es bei einer Umsetzung der oft erwähnten 24/7-Spankingbeziehung, also einer ‚Rund-um-die-Uhr'-Strafspankingbeziehung, anders sein könnte. Dabei gilt es jedoch zu beachten, dass auch diese Form auf der Ehe basiert, sodass die ‚normalen' Anreden und Kosenamen verwendet werden können. Zudem fehlt dieser Variante des Spanking ein wesentliches Element einer ‚echten Hierarchie', nämlich der Kontrollmechanismus. Beim BDSM ist er überflüssig, weil das Wort der Herrschaft Gesetz ist und vom Sklaven/der Sklavin nicht hinterfragt werden kann. Anders ist es dagegen in einer ‚echten Hierarchie', wo eine Schülerin sehr wohl die Möglichkeit hat, Entscheidungen beispielsweise eines Lehrers vom Direktor bzw. Entscheidungen des Direktors von der Schulbehörde überprüfen zu lassen. In früheren Zeiten, als die körperliche Züchtigung in den Schulen noch erlaubt war, konnte die Überprüfung gewöhnlich erst nach erhaltenem Strafvollzug erfolgen, aber immerhin war eine nachträgliche Rehabilitierung möglich. In einer 24/7-Spankingbeziehung wäre die Überprüfung jedoch auf Grund einer fehlenden Kontrollinstanz nicht möglich, sodass dem Wort des aktiven Parts Gesetzescharakter zukommt, was eher in den BDSM-Kontext passen würde.

Praktiziert man innerhalb des 24/7-Modus das Strafspanking für Fehlverhalten bei Einsichtigkeit des Sünders, wäre die Verwendung der in der Ehe üblichen Anreden ebenfalls möglich, da die Dauer der unter Spankingvorbehalt stehenden Zeit die grundsätzliche Einstellung der Ehepartner zueinander nicht beeinträchtigt, sondern die Qualität des Zusammenlebens verbessern soll. Aber natürlich bleibt es den Protagonisten freigestellt, Kosenamen speziell für die Verwendung beim Spanking zu entwickeln. Aus dem üblichen ‚Schatz' kann dann zum Beispiel die Anrede ‚Meine Göttin' oder ähnliches werden, die nur während des Spankings Anwendung finden und nur für dessen Dauer die üblichen Kosenamen ersetzen.

Als Fazit kann man festhalten, dass eher martialische Anreden wie ‚Herr/in', ‚Gebieter/in' und ähnliches zum BDSM passen, nicht aber zu einer Ehe, auch wenn in ihr Spanking praktiziert wird. Stattdessen können hier durchaus die ‚normalen' Kosenamen verwendet werden, ohne dass es einem Stilbruch geben würde. Aber wie bei allen sexuellen Aktivitäten gilt: Erlaubt ist, was beiden gefällt – wer auch beim Spanking etwas strengere Anreden mag, kann sie gerne verwenden – sofern es der Partner/die Partnerin auch so haben möchte.

Gibt es hierüber unterschiedliche Auffassungen, muss man sich einigen – dabei sollte man aber bedenken, dass die Anrede nicht ganz so wichtig ist wie das Brennen und Pochen des Gesäßes während und nach der Züchtigung. Bevor also ein Streit über die gewünschte Anrede den Spaß eines Spankings verdirbt, sollte man lieber dem anderen nachgeben und sich statt auf die Anrede auf das Schlaginstrument sowie dessen Wirkung konzentrieren und sich daran erfreuen.

## Welche Intensität dürfen Hiebe haben?

Wann immer eine Beziehung an ihrem Anfang steht, müssen diverse Dinge und Details geklärt werden, um ein harmonisches Zusammenleben zu ermöglichen. Was zunächst recht pedantisch klingt, ist tatsächlich nichts besonderes, denn genau diese Abstimmungsprozesse durchlaufen wir ständig. Deshalb ist es angesichts der vielen unterschiedlichen Wünsche und Neigungen im sexuellen Bereich nicht verwunderlich, dass wir uns auch hierbei auf den Partner oder die Partnerin einstellen, um die jeweiligen Bedürfnisse befriedigen zu können. Das gilt auch oder vor allem für Paare, bei denen das Spanking einen unverzichtbaren Bestandteil ihrer Lusterfüllung darstellt. Gerade weil diese sexuelle Form viel Vertrauen erfordert und natürlich auch wegen der Schmerzen und der Verletzungsgefahren ist ein genaues Abstimmen wichtige Grundvoraussetzung. Schließlich soll eine Spankingsitzung beiden Beteiligten Freude und Lust bereiten, nicht aber mit Verletzungen oder im Streit enden. Damit sind neben den für alle Paare gleichen Fragen bei Spankos einige zusätzliche Abstimmungen erforderlich und für ihr sexuelles Faible spezifische Dinge zu besprechen.

Dazu gehört in diesem Zusammenhang als eine der wichtigsten Fragen die Festlegung über die Intensität der Hiebe[1], die der passive Part empfangen möchte. Es ist nämlich ein gravierender Unterschied, ob sich jemand zum Beispiel ein erotisches Spanking oder ein Strafspanking wünscht. Zudem mag es nicht jeder wirklich richtig streng, denn manche Spankos wünschen sich eher sanfte Hiebe, die einen daneben stehenden Betrachter eher an Streicheleinheiten denn an Hiebe erinnern könnten. Im Gegensatz dazu genießen es andere Menschen, mittelschwere bis harte Hiebe zu empfangen. Wie so oft gilt auch hier die Devise: Erlaubt ist, was beiden gefällt, aber genau das muss eben vor einer Spankingaktivität einvernehmlich und auf Augenhöhe geklärt werden.[2] Was sich auf den ersten Blick in manchen Ohren wie eine Floskel anhören dürfte, ist tatsächlich von sehr großer Bedeutung, denn es darf nicht vergessen werden, dass fester verabreichte Hiebe zu deutlich sichtbaren Spuren führen und diese zum Teil tagelang sichtbar bleiben können. Genau das kann jedoch im täglichen Leben zu unangenehmen oder gar peinlichen Momenten führen, beispielsweise nach einem Sporttraining mit Sportkameraden unter der Dusche oder bei Arztbesuchen. Vor diesem Hintergrund dürfte klar sein, welche Bedeutung die Frage nach der Intensität von Hieben tatsächlich auch außerhalb des gemeinsamen Schlafzimmers hat. Damit stellt sich also die Frage, welche Intensität die Hiebe haben dürfen.

Zunächst einmal sollte man klären, ob der passive Part bereits Erfahrungen mit Spankingsitzungen gemacht hat oder ob er ein Neuling ist. Bei Neulingen gilt, dass man langsam anfangen und dann die Intensität vorsichtig bis zum gewünschten Level steigern sollte. Auf diese Weise kann man einer Überforderung oder auch einer Überschätzung des Sub vorbeugen. Bei erfahrenen Spankees kann man hingegen auf deren bisherige Erfahrungen zurückgreifen und diese als Grundlage für die Absprache nehmen.

Von dem bisherigen Erfahrungsstand abgesehen ist die Frage nach der gewünschten Intensität von Hieben zunächst einmal eng mit der Frage verbunden, ob und gegebenenfalls wie deutlich Spuren am Ende der Spankingsitzung zu sehen sein dürfen. Tja, und damit fangen die Schwierigkeiten an, denn eine pauschale Antwort kann es darauf nicht geben. Da alle Menschen verschieden und damit unterschiedlich belastbar sind, kann es durchaus sein, dass jemand tatsächlich nur leichte Hiebe verträgt, während er in seiner Fantasie hohe Nehmerqualitäten hat. Die Diskrepanz zwischen Anspruch und Wirklichkeit beziehungsweise Belastbarkeit muss also ergründet und Grundlage der Überlegungen werden. Hinzu kommen die bereits oben angedeuteten Lebensumstände: Steht am Tag nach einer Spankingaktivität ein Arztbesuch an, ein Training mit den Sportfreunden im örtlichen Verein, ein Schwimmbadbesuch oder etwas Ähnliches? Dann müsste man entscheiden, ob andere Menschen etwaige Spuren sehen dürfen oder nicht. Entschließt man sich für einen unverkrampften Umgang mit den Spuren einer Session, muss man darauf gefasst sein, dass man von den Außenstehenden als Opfer häuslicher Gewalt angesehen und man selber oder der Partner/die Partnerin entsprechend behandelt oder von Teilen der Gesellschaft ausgeschlossen bis geächtet wird. Alles das sowie weitere Aspekte des jeweils eigenen Lebens und seiner gesellschaftlichen Rahmenbedingungen können die Frage nach der Intensität von Hieben für die passive Person wesentlich beeinflussen. Daraus ergibt sich, dass es angesichts dieser vielfältigen individuellen Einflussfaktoren geradezu unmöglich ist, eine allgemeine Vorhersage treffen zu können. So, wie die Sexualität eines jeden Menschen seine ganz persönliche Angelegenheit ist, muss er dementsprechend seine eigene Abwägung vor dem Hintergrund seiner gesellschaftlichen Einbindung vornehmen und auf dieser Basis seine Entscheidung treffen. Als Hilfestellung können vielleicht die nachstehenden Betrachtungen dienen, die zwar allgemein gehalten sind und von jedem Einzelnen auf seine persönliche Situation umformuliert werden müssen, aber dennoch eine kleine Handreichung darstellen können.

Bei einer Spankingsitzung werden die Hiebe nur von einem Beteiligten, nämlich Sub, empfangen. Damit ist dieser Akteur auch derjenige, der den gewünschten Schmerz aushalten und später eine mehr oder weniger lange Zeit mit etwaigen Spuren leben muss. Daraus ergibt sich konsequenterweise nur eine logische Entscheidung, nämlich dass es letztlich die passive Person und nicht etwa der Top ist, die über die Intensität der Hiebe entscheidet. Natürlich soll das Spanking beiden beteiligten Personen unabhängig von ihrem Part gefallen und Lust bereiten, aber da es um die Belastbarkeit des Spankee und um mögliche gesellschaftliche Folgen für ihn geht, kann nur er die Absprache in Kraft setzen. Natürlich können die Grenzen der Belastbarkeit im Laufe der Zeit zu experimentellen Zwecken im gegenseitigen Einverständnis verschoben werden, aber auch hierbei hat der passive Part grundsätzlich immer das letzte Wort. Damit ist auch klar, dass die Frage nach der Intensität von Hieben letztlich von seiner Vorliebe abhängig ist: Sofern das Spanking für Sub lediglich einen besonderen Reiz darstellt, können leichte Klapse ausreichen, um ihn in Stimmung zu versetzen und Lust zu erzeugen. Bei Personen mit einer devoten Neigung kann das dagegen wohl eher nicht zur Lusterfüllung führen, sodass es bei diesem Personenkreis schon etwas intensiver zur Sache gehen kann, während masochistisch veranlagte Menschen oftmals sehr harte Hiebe bevorzugen. Sofern sich ein Spankee über den Intensitätsgrad der Hiebe unsicher sein sollte, empfiehlt sich das Austesten, das heißt man fängt mit leichten, beinahe sanften Klapsen an und steigert die Intensität solange, bis der ‚Wunschschmerz' von Sub erreicht ist. Mit dem erzielten Ergebnis lässt sich das Spanking dann ausführen und nichts steht mehr der Lusterfüllung im Wege.

Allerdings muss man immer beachten, dass jedes Strafinstrument seine eigene charakteristische Schmerzintensität hat: So sind beispielsweise Hiebe mit einem Rohrstock verständlicherweise deutlich schmerzhafter als Schläge mit der Hand, dem so genannten ‚OTK' für ‚Old Traditional Kaning'. Vor diesem Hintergrund ist es auch hierbei ratsam, eine Auswahl an Instrumenten, an deren Einsatz Interesse besteht, zunächst mit leichten Schlägen auszuprobieren. Manchmal sagt einem ein Strafinstrument nach den ersten Probehieben nicht zu, sodass man es sofort beiseite legen kann. Hat man schließlich einige Strafutensilien ausgewählt, kann man damit die Intensität der Hiebe langsam zu steigern beginnen, bis die von Sub gewünschte Schmerzgrenze erreicht ist.

Grundsätzlich ist beim Spanking aber nicht nur der für mehr oder weniger kurze Zeit spürbare Schmerz von Bedeutung, obwohl dieser für die kurzfristige Lusterfüllung bedeutsam sein kann. Für nicht wenige Spankees sind auch die in Abhängigkeit von dem eingesetzten Strafinstrument und der angewandten Schlagintensität mehr oder weniger lange sichtbaren Spuren von großer Bedeutung. Sie dienen einerseits als Zeichen ihrer Lust, zum anderen als Erinnerung an die lustvolle Zeit mit dem Partner. Allerdings gilt das nicht für alle und auch nicht grundsätzlich, denn auch Liebhaber von Striemen können dadurch in alltäglichen Situationen in Problemlagen geraten. Während es manchem sehr peinlich ist, wenn die Sportkameraden unter der Dusche oder der Arzt die Spuren einer Züchtigung bemerken würden, könnten die schon oben angerissenen gesellschaftlichen Auswirkungen noch gravierender sein. Vorsicht und genaues Abwägen sind also immer geboten – und auch ein frühzeitiger Blick in den Terminkalender für die nächsten Tage kann helfen, unangenehmen Überraschungen vorzubeugen. Grundsätzlich gilt auch hier, dass die Menschen verschieden sind: Während die einen die Spuren ihres Faibles mit Stolz tragen und sich bei einer Betrachtung im Spiegel daran erfreuen, sind andere wiederum froh, wenn die Belege ihrer bevorzugten sexuellen Spielart möglichst schnell wieder verschwunden sind. Besonders diejenigen, die Mannschaftssportarten betreiben, müssen ganz besonders darauf Acht geben, dass niemand von ihren Freunden etwas bemerkt, um möglicherweise intoleranten Reaktionen aus dem Weg gehen zu können. Prinzipiell haben aber wohl die meisten Subs nichts gegen ein rot gehauenes oder gar mit Striemen verziertes Hinterteil einzuwenden, aber auch hier muss jeder für sich entscheiden, wie er mit etwaigen Spuren umgehen will. Natürlich können auch Mischformen gewählt werden, also Spuren bei nicht bestehender Gefahr der Entdeckung durch andere Personen und Spurenvermeidung bei entsprechenden Terminen. Aber selbst wenn man eine mittlere bis härtere Intensität liebt, kann man diese sicher bei Spankingsitzungen vor bestimmten Terminen reduzieren, ohne dass die sexuelle Lusterfüllung allzu viel Schaden erleidet – zumal Sub ja weiß, dass die Verringerung der Intensität eine begründete Ausnahme darstellt.

Natürlich kann man der Spurenbildung ein wenig vorbeugen, indem das Gesäß vor dem eigentlichen Einsatz des gewünschten Strafinstruments auf- oder vorgewärmt wird. Durch leichte Klapse soll die Durchblutung der Straffläche angeregt werden, was der Bildung von blauen Flecken und Striemen zumindest teilweise entgegenwirkt oder die Spuren zumindest ein wenig abmildert. Auch ist es für Sub ratsam, die Kehrseite locker zu lassen, denn im Falle einer Anspannung der Gesäßmuskulatur sind die Hiebe weniger leicht zu ertragen, zudem sorgt die Anspannung für eine stärkere Spurenbildung und das Verletzungsrisiko steigt auch noch an. Natürlich gibt

130

es auch von dieser Faustregel Ausnahmen, denn einmal mehr gilt die Feststellung, dass wir Menschen alle verschieden sind. Im Zusammenhang mit der Spurenbildung nach Hieben neigen wir somit auch unterschiedlich schnell zur Ausbildung von blauen Flecken oder Striemen. Das kann zur Folge haben, dass ein eher sanft versohltes Gesäß schlimmer aussieht als man es erwarten dürfte, während bei anderen die Spurenbildung selbst bei einem harten Spanking erst vergleichsweise spät einsetzt. Einmal mehr gilt daher der Grundsatz, dass ‚Probieren über Studieren' geht und ein Paar testen sollte, welche Voraussetzungen beim passiven Part vorliegen. Haben Top und Sub das Ergebnis gemeinsam ermittelt, kann es von Sub bei der Entscheidung nach der Intensität der Hiebe verwendet werden. Zusammen mit den anderen Faktoren wie beispielsweise der getesteten Wirkung einzelner Strafinstrumente und der persönlichen Einstellung zum Tragen und eventuellen Zeigen von Spuren hat ein Spankee eine gute Grundlage, um die für ihn optimale Intensität der Schläge festlegen zu können. Diese Einigung kann dann in den gemeinsam mit dem Top abzuhaltende Spankingsitzungen eingesetzt werden und der gemeinsamen Lust kann von beiden bedenkenlos gefrönt werden.

Bei Spankingaktivitäten vor gesellschaftlich relevanten Tagen lassen sich der Schmerz und die Spurenbildung aber auch manchmal durch die Wahl des Strafinstruments beeinflussen. Beispielsweise ist der Rohrstock als ein besonders schmerzhaftes Strafinstrument bekannt, das zudem mehr oder weniger intensive Striemen hinterlässt. Verwendet man jedoch stattdessen eine Gummipeitsche, so ist der aufkommende Schmerz dem von einem Rohrstock verursachten Gefühl nach meiner Erfahrung ebenbürtig, allerdings bilden sich beim Einsatz der Gummipeitsche keine Striemen. Stattdessen kommt es bei gleicher Wirkung auf die sexuelle Lust lediglich zu einer an die Schlagintensität angepassten Rötung des Gesäßes. Diese Farbbildung verschwindet jedoch binnen weniger Stunden und zurück bleiben nach meiner eigenen Erfahrung keinerlei Spuren. Wer also vorsichtig sein oder aufgrund anderer Aktivitäten wie beispielsweise Sport auf Spuren verzichten sollte, kann bei der Wahl des richtigen Strafinstruments bei Bedarf auch um intensivere Hiebe bitten, ohne dass das zu einer Minderung des Lustgefühls führen muss.

Damit ist klar, dass vor einer Spankingaktivität jeder Sub für sich zu entscheiden hat, was ihm wichtiger ist: Das Gefühl während der Sitzung oder das Aussehen der Straffläche nach den bezogenen Hieben und den damit verbundenen etwaigen Reaktionen seines Umfeldes, das andere sexuelle Präferenzen hat. Die Geschmäcker sind in dieser Frage unterschiedlich, sodass auch hier neben eigenen Überlegungen das Ausprobieren von Alternative in Form von anderen Strafinstrumenten für die Meinungsbildung hilfreich sein kann. Dabei darf natürlich nicht übersehen werden, dass bei einer Spankingsitzung für viele Menschen nicht nur die Hiebe die Lustentfaltung bewirken, sondern auch die Atmosphäre und das persönliche Wohlbefinden während einer Session. Vielleicht ist für manche daher auch nur der Gesamteindruck für den Lustgewinn ausschlaggebend, nicht jedoch die Intensität der Hiebe.

Dennoch werden sich wohl fast alle eine bestimmte, auf ihre individuellen Bedürfnisse abgestimmte Schlaghärte ihres Top wünschen. Allerdings kann es dabei immer Ausnahmen vom Regelfall geben: Besonders nach einem anstrengenden und stressintensiven Arbeitstag kann die Nehmerqualität eines Spankees zum Teil deutlich niedriger als an normalen, also weniger anstrengenden Tagen liegen, sodass die Intensität der Hiebe dementsprechend an den jeweils aktuellen Zustand angepasst, also reduziert werden muss. Jeder verantwortungsbewusste Top wird also vor Sitzungsbeginn entsprechende Informationen einholen, sofern er seinem Spankee nicht ohnehin bereits den jeweiligen Zustand ansieht.

Nachdem nun sehr viel über die Entscheidungsbefugnis von Sub gesprochen worden ist, müssen wir uns nun aber doch zusätzlich dem aktiven Part zuwenden. Nicht jeder aktive Akteur ist willens, möglichst hart zuzuschlagen. Manche Tops favorisieren das Verabreichen von leichten Hieben mit der Hand, die im Vergleich zu einem Paddle oder Rohrstock kaum Spuren hinterlassen. Wenn also ein Spankee die für ihn bevorzugte Intensität der Hiebe ermittelt hat, muss sein Top diesem Härtegrad zustimmen – an dieser Stelle geht es einmal mehr um eine gegenseitige Absprache auf Augenhöhe. Wichtig ist schließlich, dass der Aktive an einer Spankingsitzung ebenfalls seine Freude hat und seinen Spankee gerne mit der gewünschten Intensität versohlt. Nur dann kann ein Top seine

Lust vollständig ausleben. Wird er hingegen aufgefordert, immer schwächer oder, im anderen Falle, härter als von ihm selber favorisiert zuzuschlagen, wird er mittel- bis langfristig seine Freude an den Sitzungen verlieren, was der Beziehung der beiden Akteure abträglich sein könnte. Es muss also immer eine Absprache getroffen werden, die für beide Seiten zufrieden stellend ist, denn nur dann können beide Seiten ihre sexuelle Erfüllung genießen.

Damit ist an dieser Stelle also festzuhalten, dass zwar immer der Spankee die Intensität der Hiebe festlegt, aber er den Top am Ende seiner Abwägung und vor Festlegung des Ergebnisses unbedingt einbinden sollte. Je nach der entsprechenden Absprache können dann beide gemeinsam das für ihre Wünsche und Bedürfnisse am besten geeignete oder von beiden besonders geschätzte Strafinstrument auswählen. Allerdings ist die Lustbefriedigung mittels Spanking kein Blümchensex, sondern ein für den Spankee gewünschtes und gewolltes Schmerzerlebnis. Je intensiver eine Sitzung gelebt wird, desto geringer sind die Chancen auf Vermeidung von Spuren. Darüber müssen sich beide Seiten, insbesondere aber Sub, im Klaren sein. Zudem muss den Akteuren ebenfalls stets bewusst sein, dass je nach Intensität der Hiebe das Schmerz- und Hitzegefühl bei Sub mehrere Stunden anhalten kann, sowie eventuelle blaue Flecken oder Striemen je nach Intensität zwei bis sieben, manchmal in Abhängigkeit von Zahl und Intensität der Hiebe sowie der Hautbeschaffenheit auch noch mehr Tage sichtbar sein können. Natürlich nicht während der gesamten Zeit in voller Schönheit, sondern immer mehr verblassend, aber dennoch mehr oder weniger deutlich erkennbar. Allerdings macht auch die nachlassende Sichtbarkeit von Striemen oder anderen Spuren diese nicht unsichtbar, sondern erschwert lediglich ihr Bemerken durch Dritte. Bei der Festlegung des Machbaren während einer Spankingsitzung sollten sich also insbesondere die Spankees umfassende Gedanken über das Gewünschte, das Machbare sowie über die etwaigen Folgen an den darauf folgenden Tagen machen. Gleiches gilt für den jeweiligen Top, denn dieser trägt die Hauptlast der Verantwortung während einer Spankingsitzung und muss einen eventuell allzu euphorischen Spankee bremsen, um ihn vor unangenehmen Folgen zu schützen. Ansonsten gilt: Erlaubt ist, was beiden gefällt und sie miteinander vereinbart haben. Bei Unsicherheiten hilft es, vorher miteinander zu reden sowie das vorherige Ausprobieren und Testen mit dem Partner. Hat Sub die für ihn persönlich anregende Intensität der Hiebe gefunden und trägt Top diese Entscheidung mit, steht dem Leben der beiden in einer erfüllten Spankingbeziehung nichts mehr im Wege.

## Anmerkungen

1 Natürlich ist die wichtigste Frage die nach dem Vertrauen, das ein Spankee zu seinem Top haben muss. Da dieses Thema aber bereits von meinem Freund Andy Daring behandelt worden ist, wird hier das Vertrauen als gegeben vorausgesetzt. Bezüglich der Ausführungen zum Vertrauen vgl. Andy Daring: Gedanken über den Sadomasochismus, Essays zum Thema BDSM. Norderstedt 2020, S. 54-63.

2 Da die einvernehmliche Absprache auf Augenhöhe eine Selbstverständlichkeit und somit bei der hier behandelten eigentlichen Fragestellung von eher untergeordneter Bedeutung ist, wird dieser Aspekt im weiteren Verlauf des obigen Textes nicht mehr ausdrücklich erwähnt, aber natürlich ist er immer im Hintergrund als unabdingbare Notwendigkeit präsent.

## Die Vor- und Nachteile eines Switchers

Die Sexualität eines jeden Menschen ist unterschiedlich ausgeprägt. Dabei hat jeder ein bestimmtes Faible, bei dessen Ausleben die höchsten Lustgefühle entstehen und ein gewaltiges Glücksgefühl freigesetzt wird. In der Reihe der Faibles findet sich das Spanking auf einem der vorderen Plätze. Offensichtlich erfreut sich das lustvolle Versohlen des Gesäßes oder der Genuss des versohlten Hinterteils im Schutze des privaten Raumes einer großen Beliebtheit, auch wenn sich nur wenige Menschen offen zu diesem Fetisch bekennen.

Die Gruppe der Spankos teilt sich unabhängig davon, ob sie für sich ein erotisches Spanking oder ein Strafspanking favorisieren, üblicherweise in aktive und passive Personen auf. Mit anderen Worten: Die einen verabreichen gerne Hiebe, für die anderen ist das Beziehen der Schläge die höchste Wonne. So gesehen scheint also alles recht einfach zu sein.

Nun, was auf den ersten Blick so einfach und wohlgeordnet erscheint, ist es in Wirklichkeit dann doch nicht. Es gibt nämlich noch eine dritte Gruppe von Spankos, deren Mitglieder beide Leidenschaften in einer Person vereinen. Die so genannten ‚Switcher' sind Menschen, die sowohl die aktive als auch die passive Seite genießen können und wollen. Gerade aber weil sie beide Seiten des Faibles Spanking ausleben wollen, werden sie von der übrigen Spankingszene eher misstrauisch bis ablehnend betrachtet. In den rein aktiven oder rein passiven Kreisen herrscht nicht selten die Meinung vor, dass sich die Lust nur beim Ausleben einer der beiden Varianten in voller Blüte entfalten kann, während sich ein Switcher auf keine der beiden Formen tief genug einlassen könnte, um sexuelle Erfüllung zu finden. So, wie sich kein Vanilla vorstellen kann, dass der Bezug von Stockschlägen überhaupt Lustgefühle entstehen lassen kann, können sich viele Aktive und Passive dies bei Switchern nicht vorstellen. Hier wie dort scheint eine Fülle von Vorurteilen zu bestehen, die letztlich nur dazu führen, dass die jeweils eigene sexuelle Präferenz die lustvollste sei. Aber stimmt es, dass Switcher weniger Lust als nur passiv oder nur aktiv veranlagte Menschen empfinden?

Woher dieses Vorurteil stammt, habe ich nicht herausfinden können. Aus eigenem Erleben weiß ich, dass beide Seiten des Spankings ihren ganz eigenen Reiz haben. Ursprünglich war ich rein passiv, geradezu devot veranlagt. Das war meine Passion, wobei ich mit meiner Neigung während der Pubertät nicht viel anfangen konnte und mich geradezu für pervers hielt. Erst mit dem Erreichen der Volljährigkeit und dem Lesen von Spankingmagazinen aus dem Erotik-Fachhandel erkannte ich, dass meine Vorliebe eine etwas andere als die übliche Form der Sexualität ist. Viel wichtiger war zudem die Erkenntnis, dass ich damit nicht alleine, sondern Teil einer größeren Gruppe war. Mit dieser Erkenntnis widmete ich mich meinem Faible und lebte es mehr als zwanzig Jahre als Passiver aus.

Eines Tages fragte ich mich, wie sich wohl die Rolle des Aktiven anfühlen würde. Natürlich verdrängte ich diese Frage, aber sie keimte dennoch immer wieder in mir auf. Schließlich konnte ich sie aber nicht mehr ignorieren und beschloss daher, mich als Aktiver zu versuchen. Nicht, dass ich mit einem Wechsel meiner Passion gerechnet hätte, aber ich wollte die Frage, wie sich der Part des Aktiven anfühlt, endlich beantwortet haben. Das war allerdings nicht so einfach, denn niemand wollte sich von einem Anfänger versohlen lassen. Das ist zwar einerseits aus Sicht der Passiven verständlich, aber für einen Anfänger macht es den Einstieg als Top nicht leichter. Schließlich hatte ich nach vielen ‚Körben' das Glück eine Frau zu treffen, die ihre Leidenschaft für das Spanking gerade erst entdeckt hatte und einen vertrauenswürdigen Gesprächspartner suchte. Ich gestand ihr nach einigem Zögern mein Faible und so öffneten wir uns einander. Mit ihr erlebte ich dann auch die ersten Spielnachmittage als Aktiver, während sie ihre ersten Erlebnisse als Passive hatte. Die Rolle des Aktiven gefiel mir sehr gut, aber natürlich war in der Anfangszeit alles ungewohnt. Doch trotz der positiven Erlebnisse als Top wollte ich auch mein Dasein als Passiver oder Sub nicht missen. So bin ich zum Switcher geworden und lebe seitdem beide Seiten aus.

Vor diesem Hintergrund habe ich die diversen Diskussionen zum Thema ‚Switcher' in Magazinen und im Internet natürlich mit besonders großem Interesse verfolgt. Die Ablehnung von Switchern durch die konkret festgelegten Personen war oftmals deutlich spürbar. Als Argument wurde immer wieder vorgebracht, dass man nur auf einer Seite seine wirkliche Lusterfüllung erreichen könne, jedoch nicht beim Beschreiten beider

Wege. Aber warum sollte das so sein? Gerade im Bereich der Sexualität gibt es mit bisexuellen Menschen geradezu ein perfektes Beispiel, dass man sich eben nicht unbedingt auf etwas festlegen muss, um glücklich zu sein. Zudem: Wer will sich anmaßen, über den ‚richtigen' Weg zum lustvollen Höhepunkt zu entscheiden? Vor allem aber: Wie wird man zu einem Switcher?

Letzteres ist nicht ganz eindeutig zu beantworten, aber vermutlich muss die Neigung für die aktive und passive Seite bereits in einem Menschen vorhanden sein. Vermutlich wird man durch äußere Einflüsse dazu gebracht, eine der beiden Varianten zu bevorzugen. Dennoch bleibt die andere Neigung immer Teil des Lebens und tritt zutage, wenn sie im Laufe der Zeit anwächst oder durch ein Schlüsselerlebnis geweckt wird. Dabei muss es dem Betroffenen nicht bewusst sein, dass er schon immer beide Seiten gemocht hat, sondern es kann ihm als Wunsch nach einem Experiment oder als der Reiz von etwas Neuem vorkommen. Was aber auch immer der Auslöser ist – irgendwann wird der Betreffende die jeweils andere Seite ausprobieren und ebenso lieben lernen wie seine bisherige Neigung. Allerdings ist es einfacher, vom Aktiven zum Passiven zu werden als umgekehrt, weil man als Aktiver deutlich mehr Verantwortung trägt. Das fängt beim Schaffen der richtigen zwischenmenschlichen Atmosphäre an und hört beim Platzieren der Hiebe auf. Zudem muss die Person über ein ausgeprägtes Verantwortungsgefühl verfügen, was nach meinem Dafürhalten nur bedingt erlernt werden kann und deshalb bereits im Wesen des Switchers vorhanden sein muss.

Sobald alle Rahmenbedingungen erfüllt sind, kann man sowohl die aktive als auch die passive Lust genießen und vor allem ausleben. Da ein Switcher beide Positionen beim Spanking kennt, kann er die Gefühlswelten von sowohl den Aktiven als auch den Passiven sehr gut nachempfinden, denn schließlich ist ihm aus eigenem Erleben keine Seite fremd. Das könnte insbesondere dann von Vorteil sein, wenn er als Aktiver jemandem ein Strafspanking verabreicht: Aufgrund seiner eigenen Erfahrungen kann er sich zum einen in Subs Gefühlswelt hineinversetzen und weiß bereits im Voraus, welche Wirkung die Hiebe körperlich und mental haben werden. Sollte umgekehrt ein Switcher in der Rolle des Passiven sein, weiß er ebenso gut, was die Lust bei seinem Top auf das höchste anheizt. Anders ausgedrückt: Mit seinem Hintergrundwissen ist es ihm möglich, passgenauer auf die Bedürfnisse seines jeweiligen Partners einzugehen, weil er die jeweiligen Gefühlsregungen aus seinem eigenen Erleben nur zu gut kennt.

Natürlich kennt ein Switcher selbstverständlich auch die Wirkung von diversen Strafinstrumenten, da er sie am eigenen Leib gespürt und ihre Wirkung erlebt hat. Somit weiß er im Voraus um ihre Wirkung auf die passive, aber auch um die mentale Wirkung auf die aktive Person und die dadurch im Normalfall ausgelösten Reaktionen auf beiden Seiten des Strafinstruments. Das bedeutet im Einzelfall, dass er als Aktiver früher erkennen kann, ob sich der passive Part seiner

Leistungsgrenze nähert oder davon noch weit entfernt ist. Selbst wenn sich Sub seiner eigenen Situation noch nicht bewusst ist, kann ein Switcher in der Rolle des Top frühzeitig erste Hinweise auf eine Überforderung erkennen. Das wäre dann neben den diesbezüglichen Aussagen von Sub und dem Fallen des Codewortes für den sofortigen Abbruch eine zusätzliche Schutzvorrichtung für die Beteiligten, insbesondere aber für den passiven Part.

Umgekehrt kann ein Switcher in der Rolle des passiven Parts frühzeitig erkennen, ob ein Top Fehler begeht oder zu sehr in seiner Rolle aufgeht, vielleicht sogar den Bezug zur Realität zu verlieren droht. Immerhin kennt er aus seiner aktiven Erfahrung heraus die entsprechenden Risiken. Durch rechtzeitige Hinweise können die Atmosphäre oder das Spiel weiter in den gewünschten Bahnen gehalten werden, während anderenfalls ein Abdriften mit der Folge des Abbruchs drohen könnte.

Was gerne übersehen wird, aber nicht unterschätzt werden sollte ist die Kenntnis eines Switchers über das Lustempfinden von beiden Akteuren. Da er beide Seiten kennt und aus jeder Rolle seine Lustbefriedigung ziehen kann, weiß er nicht nur um die Gefühlswelt der jeweiligen Mitspieler, sondern auch um die Wege, deren Lust weiter steigern zu können. Natürlich gibt es dabei von Mensch zu Mensch unterschiedliche Ausprägungen, die wie bei allen Spankingsitzungen zuvor erfragt werden müssen, aber mit diesen Informationen und dem eigenen Erfahrungsschatz sollte ein Switcher wesentlich passgenauer auf seinen Mitspieler eingehen können. So gesehen wäre es doch sicher von Vorteil, einen Spieleabend mit Spanking und einem Switcher zu verbringen – oder?

Tatsächlich kann ein Dasein als Switcher aber nicht nur Vorteile, sondern auch Nachteile generieren. Ein Hauptproblem ist das Umdenken, wenn während einer Session die beiden Akteure die Rollen tauschen. Davon abgesehen, dass das nur dann Sinn machen würde, wenn beide Beteiligten Switcher sind, besteht das Problem im ‚Auftauchen' aus seiner bis eben erlebten Spankingwelt, was erfahrungsgemäß einige Zeit beansprucht. Danach müsste dann zumindest derjenige, der im zweiten Teil vom Passiven in die aktive Rolle wechselt, in seinem Denken, Handeln und Rollenverständnis vollständig umdenken. Das könnte sich nach der intensiven Lusterfahrung im ersten Sitzungsteil als etwas schwierig gestalten, sodass eine Pause zwischen den beiden Spankingspielen sinnvoll sein dürfte. Mit einem Spanko, der entweder aktiv oder passiv ist, wäre ein solcher Seitenwechsel zwar grundsätzlich auch machbar, aber die sinnliche Erfüllung dürfte dann getrübt sein. Man muss ja bedenken, dass nur ein Switcher in beiden Rollen Befriedigung erlangen kann, während bei den übrigen Spankos nur eine Seite dazu führen kann. Natürlich wird sich insbesondere im Rahmen einer partnerschaftlichen Beziehung der Gefühlsebene der Partner sicher zu einem Seitenwechsel bewegen lassen, um seinem Freund, dem Switcher, einen Gefallen zu erweisen, aber ob die Ausführung dann zu einer Erfüllung der sexuellen Bedürfnisse reichen würde, kann nicht als gegeben angenommen werden. Im Gegenteil, entsprechende Erfahrungsberichte in Foren und Einzelgesprächen lassen eher das Entstehen einer für beide Seiten unbefriedigenden Situation vermuten, in der die Lust des Switchers nicht befriedigt werden kann, weil sich sein Partner in der für ihn ungewohnten Rolle unwohl fühlt. Daher scheint es für einen Switcher ratsam zu sein, entweder einen anderen Switcher zum Partner zu wählen oder zwei Beziehungen einzugehen, in denen er jeweils eine Seite seiner Neigung ausleben kann. Allerdings muss dabei unbedingt beachtet werden, dass eine solche Vorgehensweise bei Spielbeziehungen wohl wesentlich unproblematischer als bei Beziehungen mit echter Gefühlsbindung und monogamem Hintergrund sein dürfte. Bei einer emotionalen Bindung an einen monogamen Partner verbietet sich die Suche nach einem zweiten (Spiel-)Partner eigentlich von selbst. Wie dann ein Switcher mit der Situation umgeht, muss jeder für sich alleine entscheiden und dafür die volle Verantwortung tragen.

Der Vorschlag mit der Suche nach zwei Partnern korrespondiert in gewisser Weise mit einem immer wieder zu hörenden Argument gegen Switcher, nämlich dass ihre Hingabe an das Spanking eher oberflächlich sei, weil sie zwar sowohl die aktive als auch die passive Seite lieben, aber nicht in der Lage seien, eine davon wirklich vertieft ausleben zu können. Damit wird unterstellt, dass man sich für eine Seite entscheiden müsse, um seine wahre Lusterfüllung zu finden. Dieser Ansatz erscheint mir allerdings stark vereinfacht zu sein, denn in vielen anderen Bereichen ist es durchaus anerkannt, zwei oder mehr Leidenschaften zu haben und diese gleichberechtigt zu pflegen. So kann man beispielsweise Fußball lieben und zugleich schnelle Autos mögen. Aber auch im sexuellen Bereich gibt es Beispiele, dass man durchaus zwei verschiedene Präferenzen haben kann, weil man anderenfalls Bisexualität, Pansexualität oder Polyamorie ebenfalls als ‚Oberflächlichkeit' bezeichnen müsste, was jedoch von den Vertretern dieser sexuellen Richtungen vehement bestritten wird. Es stellt sich jedoch die Frage, ob Menschen, die die Gabe der Vielfältigkeit nicht haben, den Grad der Intensität beim Ausleben tatsächlich richtig beurteilen können. Grundsätzlich gilt ja, dass ein Betroffener besser weiß, was für ihn gut ist und in diesem Falle zu seinen höchsten Sinnesfreuden führt als ein Außenstehender. Entscheidend ist daher meines Erachtens, ob ein Mensch mit einer solchen Gabe sein Liebesleben für sich selber als erfüllt ansieht und nicht, wie ein anderer ohne diese Neigung den Grad der Befriedigung einschätzt. Ebenso verhält es sich mit einem Switcher beim Spanking: Entscheidend ist, ob eine solche Person beim Ausleben von beiden Seiten ein sexuelles Wohlgefühl empfindet, das ihn erfüllt und glücklich macht. Wenn jemand über zwei Wege statt nur einen Weg zum Gipfel der Lust verfügt, sollte man sich für ihn freuen und es ihm gönnen.

Gleichwohl kann ein Seitenwechsel insbesondere bei einem Strafspanking problematisch werden, weil ja logischerweise der jeweils andere Part ja ebenfalls seine Rolle wechseln müsste. Hier könnte es zu Akzeptanzproblemen kommen, wenn der bislang passive Part nun in die Rolle des Aktiven übergeht. Allerdings kommt es in diesem Fall wie so oft auf die beiden Akteure, ihr Verhältnis zueinander sowie ihrem Selbstverständnis von einer Spankingsitzung an. Möglicherweise könnte ein solcher Rollentausch auf einen anderen Tag verlegt werden, um etwaige Störungen der Atmosphäre zu verhindern, oder man sucht sich zwei Partner für jeweils eine Rolle. Bei Spielbeziehungen ist das wohl eher unproblematisch, aber bei Beziehungen mit echter Gefühlsbindung mit monogamem Hintergrund dürfte es, wie schon oben erwähnt, zu großen Schwierigkeiten mit dem festen Partner kommen. Auch hier muss dann der Switcher schauen, wie er mit der Situation umgehen und die Probleme lösen wird. Ein Patentrezept gibt es dafür nicht, weil hier ganz individuelle Aspekte eine Rolle spielen, die sich insbesondere auf der Beziehungsebene und nicht lediglich auf der Handlungsebene des Spankings abspielen, sodass zusätzliche Einflussfaktoren an Gewicht gewinnen und dementsprechend berücksichtigt werden müssen.

Zusammenfassend bleibt festzuhalten, dass sich alles in allem die Gefühlswelt eines Switchers von der eines ‚normalen' Spankos nur insoweit unterscheidet, dass der eine Mensch zwei Wege zum Lustgenuss hat, während dem andere dafür ein Weg zur Verfügung steht. Die dabei vom Switcher in seiner jeweiligen Rolle empfundene Lust unterscheidet sich hingegen nicht von den Gefühlswelten, die ein ausschließlicher Top oder ein ausschließlicher Sub wahrnimmt. Gleichwohl könnte ein Switcher Probleme in einer monogamen Beziehung bekommen, wenn er mit einem Partner liiert ist, der sein Lustempfinden aus einer immer gleichen Rolle speist. Inwieweit eine Spielbeziehung vom regulären Partner akzeptiert oder zumindest geduldet werden würde, ist die große Unbekannte in der Betrachtung. Insoweit haftet dem Dasein eines Switchers eine gewisse Tragik an – die Wege zur Lusterfüllung sind vielfältig, aber die Suche nach einer gefühlsmäßigen Bindung an einen Partner wird dadurch komplizierter. Der Umgang mit diesem Problem ist jedoch ein individuelles, wie der Verfasser aus eigener Erfahrung weiß. Die Suche nach einer Lösung ist nicht leicht, aber man kann das Problem bewältigen  – man muss nur den zu einem passenden Lösungsansatz finden. Das mag etwas Zeit beanspruchen, aber es lohnt sich. Ansonsten gilt: Switcher sind ganz normale Spankos wie reine Tops oder reine Subs.

## Ebenfalls von I. DIGAS lieferbar:

### Es tanzt der Gelbe Onkel

Stöckchenreime und Lehrgedichte für Spankingfreunde,

ISBN 978-3-7347 7254-2

### Strenge Frauen und ihre Männer

Spankinggeschichten über dominante Frauen

ISBN 978-3-7519-2154-1

### Erziehe mich mit Strenge

Spankinggeschichten über dominante Männer und ihre

Frauen

ISBN 978-3-7519-5906-3

### O du Schmerzhafte

Weihnachtliche Spankinggeschichten

ISBN 978-3-7526-2716-9

# Bücher befreundeter Autoren:

## Gerd Süßmann

### Windelpoesie
Gedichte eines Adult Babys
ISBN 978-3-7494-7033-4

### Aus dem Leben eines Adult Babys
Ein Erwachsener mit Windel
Kurzgeschichten
ISBN 978-3-7519-2138-1

### Topfgedanken
Essays über das Leben als Adult Baby
ISBN 978-3-7519-2177-0

### Wegen Inkontinenz zum Adult Baby
Vom Mann zum erwachsenen Babymädchen
ISBN 978-3-7526-8366-0

# Andy Daring

## Es dirigiert die Peitsche
Bitter-süße SM-Poesie
ISBN 978-3-7460-9213-3

## Gedanken über den Sadomasochismus
Essays zum Thema BDSM
ISBN 978-3-7519-8327-3

# Yvonne Satin

## Ich öffne mich für dich
Erotische Gedichte
ISBN 978-3-7519-5476-1

# Thomas Frohsinn

## Küssende Männerherzen
Homosexuelle Liebeslyrik
ISBN 978-3-7519-1481-9